私を恨んでいる元使用人にどうやら復讐されるようです

～外れ巫子なのに公爵様のつがいに選ばれました～

マチバリ

illustration

イトコ

プロローグ

レティーシャは絶望していた。

身体《からだ》を包むのは薄いレースで作られたネグリジェだ。

薄暗い部屋の中であっても、よく見れば身体のラインがはっきりと見えてしまう。

大人数人がゆっくりと寝転がれるほど大きなベッドの端にちょこんと腰かけ、所在なげに両手をすりあわせ続け、どれほどの時間が経《た》っただろうか。

（終わった。私の人生、ここで終わった）

泣き叫びたい気持ちを必死に押し殺しながら待っていると、部屋のドアがノックされた。

「は、はい！」

返事をする声はしっかりと裏返っている。

緊張のせいか恐怖のせいかうっすらと滲《にじ》んだ涙を慌《あわ》てて拭《ぬぐ》いながら立ち上がるのと、ドアが開くのはほぼ同時だった。

「…………」

のっそりとした動きで一人の青年が部屋の中に入ってくる。

身につけているのは白いシャツとトラウザーズという軽装だ。

マチバリ
illustration
イトコ
私を恨んでいる元使用人にどうやら復讐されるようです
～外れ巫子なのに公爵様のつがいに選ばれました～

CONTENTS

「っ……」
わざわざ宣言しなくてもわかっている。
ゆるゆると顔を上げれば、
きつく眉を寄せた顔が
レティーシャを見下ろしていた。
切れ長の目、整った眉
すっと通った鼻筋、薄く形のよい唇。
これまで出会った中で最も美しい男。
「今日からあなたのすべては
俺のものです。かつての使用人に
組み敷かれるのは屈辱でしょうが
諦めてくださいね、
レティーシャお嬢様」
「そんな顔を
しても無駄です。
俺は今からあなたを
抱きます」
大きな手が
レティーシャの顔を撫でた。
ざらついた指先の感触に、
喉から勝手に声が出てしまった。
ヴィンセントがごくりと
喉を鳴らした音が聞こえる。
「お嬢様」
どうしてそんな甘い声で
自分を呼ぶのだと思いながら、
レティーシャはぎゅっと目を
閉じたのだった。
（やっぱり私、

【巫子】
ノエル
【神官】
パウロ
【狂犬公爵】
ヴィンセント・ガーデ
【外れ巫子】
レティーシャ・シェ
復讐されるんだわ！

とはいえレティーシャよりはよっぽど人間らしい装いだ。

いやがうえにも自分との立場の違いを思い知らされているようで、胸が苦しくなった。

「その姿で待っていたんですか」

咎《とが》めるような口調に身体が強《こわ》ばる。

「でも、これを着るように、って」

「ガウンか何かを羽織《はお》るべきでしょう。風邪を引いたらどうするんですか」

大股《おおまた》にこちらに近づいてきたかと思ったら、長椅子《いす》にかけたままになっていたガウンを羽織らされる。

（なんで……）

思いがけない優しさに戸惑《とまど》っていると、レティーシャを見下ろしていた青年――ヴィンセントが長い溜息《ためいき》を吐いた。

「そんな顔をしても無駄です。俺は今からあなたを抱きます」

「っ……」

わざわざ宣言しなくてもわかっている。

ゆるゆると顔を上げれば、きつく眉《まゆ》を寄せた顔がレティーシャを見下ろしていた。

切れ長の目、整った眉、すっと通った鼻筋、薄く形のよい唇《くちびる》。

これまで出会った中で最も美しい男。

(昔はもっと視線が近かったのに)

少し目線を上げるだけでお互いの顔が見えていたあの頃が、今は果てしなく懐《なつ》かしい。

どうして彼と結婚することになってしまったのだろう。

本当は今すぐ悲鳴を上げてこの部屋から逃げ出したい。

しかしそんなことをすれば、即座に切り捨てられてしまうかもしれない。

背中を見せたら、切り捨てられてもおかしくはない。

「お嬢様」

「!」

よく通る低い声が鼓膜《こまく》を震わせる。

今この場でその呼び方をするのか。

信じられない思いで目を見開けば、ヴィンセントがうっすらと笑みを浮かべた。

「ようやくこの時を迎えられ、俺はとても嬉《うれ》しいです」

(ひいい!)

恐ろしいほどの美貌《びぼう》が口にした言葉は、受け取りようによっては甘い台詞《せりふ》に聞こえるだろうが、レティーシャにとっては死刑宣告にも等しい。

ヴィンセントがゆっくりと手を伸ばし、レティーシャの頬《ほお》を撫《な》でた。

そのまま肩を緩《ゆる》く押され、背中からベッドに落とされる。

「今日からあなたのすべては俺のものです。かつての使用人に組み敷かれるのは屈辱《くつじょく》でしょうが諦《あきら》めてくださいね、レティーシャお嬢様」

うっとりと目を細めながら見下ろしてくるヴィンセントの顔には、嗜虐《しぎゃく》的な色が滲《にじ》んでいた。

これから何をされるのか。恐怖に身体《からだ》がぶるりと震えた。

（やっぱり私、復讐《ふくしゅう》されるんだわ！）

大きな手がレティーシャの顔を撫《な》でた。

ざらついた指先の感触に、喉《のど》から勝手に声が出てしまった。

ヴィンセントがごくりと喉を鳴らした音が聞こえる。

「お嬢様」

どうしてそんな甘い声で自分を呼ぶのだと思いながら、レティーシャはぎゅっと目を閉じたのだった。

一章　神殿の外れ巫子と狂犬公爵

「レティーシャ。掃除ができていませんよ」

「申し訳ありません」

「ねぇレティーシャ。あなた、私が頼んだ護符《ごふ》の刺繍《ししゅう》はまだなの」

「今すぐ取りかかります」

あちこちから名前を呼ばれ、レティーシャはくるくると回るようにして頭を下げたり返事をしたりと忙しく身体を動かしていた。

長く伸ばした栗色《くりいろ》の髪を頭の後ろでひとつに結び、着古した巫子《みこ》服に身を包んでいる姿はどこかみすぼらしい。

とはいえ、すらりとした体軀《たいく》は女性らしく、外に出ないため肌《はだ》は日焼けしていないし、くるりと大きな目元は小動物めいて見える。

「本当に使えないわね。愚図《ぐず》って言葉はあなたのためにある言葉なんじゃない？　耳がないのかしら」

「ああ、きっと貴族育ちのお嬢様だから私たちの言葉なんてわからないのよ」

向けられる言葉や指導の殆《ほとん》どは言いがかりに近いものだったり、相手の仕事を押しつけられているだけなのだが、レティーシャは反論したり逆らうのは無駄だとわかっているので、はいはいと素直に従っていた。

下手に抵抗すればそれだけ小言の時間が延びるし、余計な仕事が増えるからだ。

「まったく。謝ればいいいと思って。これだから外育ちは嫌ね」

「あのすました顔、本当に品がないわ」

年若い少女たちが声をひそめることもなく、レティーシャを悪し様《あざま》に言ってクスクスと笑い合っている。

「おやめなさいよ。外れ巫子《みこ》なんかに構うと聖神力《せいしんりょく》が弱まるわよ」

彼女たちの先頭に立つのは、レティーシャと同じ年頃の美しい金髪をした少女だ。

皺《しわ》ひとつない真新しい巫子服に身を包んだ彼女は、ふう、とわざとらしい溜息《ためいき》を吐いた。

「レティーシャ。私が頼んだ刺繍《ししゅう》はどこ？」

「先ほどパウロ司祭に届けておきましたよ、ノエル」

ノエルと呼ばれた少女は満足げに頷《うなず》いた。

「そう。ちゃんと私の名前で届けたんでしょうね」

「はい」

「ならいいわ。皆さま、行きますわよ。外れ巫子なんかに構っていては時間の無駄ですわ」

巫子たちは気が済んだのかノエルの言葉に従いその場から離れていく。

（外れ巫子か）


そう呼ばれるようになってかれこれ六年の月日が流れた。

十二歳で神殿に入った頃は周囲からの酷《ひど》い態度や心ない言葉に泣いたこともあったが、十八歳となった今では「外れ巫子」と呼ばれたくらいで動揺することは殆《ほとん》どない。

我ながら図太く育ったものだと思いながらレティーシャはひっそりと溜息を吐くのだった。

大陸の東地方を統治するこのクラウ王国は、絶大な魔力を持っていた魔法使いにより建国された国だ。

レティーシャはそんなクラウ王国の貴族である、シェル子爵家の一人娘として生を受けた。

母親譲《ゆず》りの栗色《くりいろ》の髪に、父親そっくりの榛色《はしばみいろ》の瞳《ひとみ》。小さな顔に形のよい唇《くちびる》。

「かわいい私たちのレティーシャ。笑って小さなお姫様」

長く子どもを授かれなかった中でようやく恵まれた娘ということもあり、両親はとにかくレティーシャに甘かった。

欲しいものは何でも与え、どんな我儘《わがまま》も二つ返事で叶《かな》えてくれた。

使用人たちはみなレティーシャの下僕《げぼく》で、この世界に叶わないことなどないと、幼いレティーシャは信じていた。

だが、そんな日々は唐突《とうとつ》に終わりを迎えることになる。

レティーシャの父であるシェル子爵が、とある事業で大きな損害を出したのがことのはじまりだ。借金はあれよあれよという間に積み重なり、これまでの贅沢三昧《ぜいたくざんまい》の日々から一転、信じられないような生活がはじまった。

母は心労から寝込み流行《はや》り病《やまい》であっけなく逝《い》ってしまった。

悲しむ間もなく、レティーシャが十二歳の時にとうとうシェル家は貴族籍を返上し、領地や権利を手放した。

つまりは没落《ぼつらく》だ。

そこで借金を清算できればよかったのだが、屋敷を全部売り払っても返しきれる金額ではなかった。父親は毎日金策に喘《あえ》いでいたと思う。

日に日に使用人たちが減っていき、生活に困窮《こんきゅう》するようになった。

自分のことは自分でするしかなく、これまで当たり前だったことがままならない毎日。

使用人たちの態度も日に日に変化していった。

頼みごとをしても受け流されるし、笑顔を向けてもらえることも減った。

癇癪《かんしゃく》を起こすレティーシャに向けられる冷たい視線の意味がわからず戸惑《とまど》った。

これまでレティーシャに彼らが忠実だったのは、レティーシャが裕福な子爵家のご令嬢だったからだ。

給金は減り仕事量が増えたとなれば態度が変わるのは当然だということを、レティーシャは知らなかった。

それを思い知ったのは、使用人たちが仕事の愚痴《ぐち》と共に「いつまでお姫様気分なんだか」とレティーシャを悪《あ》し様《ざま》に言っているのを聞いた瞬間だった。

レティーシャはようやく自分が恵まれすぎていたことと、これまでとても高慢かつ我儘《わがまま》に生きていたことを身をもって学んだ。

情けなさと恥ずかしさ、そして生きていくことの大変さをようやく理解できた。

幸いだったのは、長年仕《つか》えてくれた家令《かれい》だけは真っ当な使用人だったことだろう。

彼はレティーシャに、貴族として生きていくためのいろいろなことを教えてくれた。

今更《いまさら》だとは思ったが、今の自分には学ぶことしかできないと必死だったのだ。

そのおかげで、自分の父親が何でも叶《かな》えてくれる魔法使いなどではなく、目の前のことしか考えられない性格で、ほうっておけばすぐにうまい話に飛びついてしまう享楽《きょうらく》的な人なのだということにも気づかせてくれた。

母はレティーシャを甘やかすのが大好きで、望むものは何でも与えなければ気が済まない。

結果としてシェル家は没落してしまったのだ。

これからは自分が父親を支えなければ。

たった一人の家族なのだから、と。

だがそんな決意は脆《もろ》くも崩《くず》れ去ることになる。

父が馬車の事故で死んでしまったのだ。

しかもレティーシャが唯一《ゆいいつ》頼りにしていた家令《かれい》と共に。

もっと最悪なことに、父はその直前に違法な高利貸しから多額の借金をしていた。

父の死を知らせに来た兵士と入れ替わるように、借金取りたちが家に押しかけてきたのだ。

「お金なんてどこにもないわよ！」

「そんなことはどうでもいい。俺たちはお前の親父《おやじ》さんのサインが入った借用書を持ってる。ここには借金を期日までに返せない場合は、娘のお前を含め、自分の所有物は全部売ると書いてあるんだ」

「そんなの嘘《うそ》よ！」

お金に緩《ゆる》い父ではあったが、レティーシャのことは誰よりも愛してくれていた。

レティーシャを売り飛ばすような借金をするわけがない。何よりあんなにも優秀な家令が傍《そば》にいてそんな暴挙を諫《いさ》めないはずがない。

お金を借りた当人である父はすでに死んでおり、借りたはずのお金も行方《ゆくえ》不明。

あきらかにおかしな話だ。

だがレティーシャは十二歳とまだ幼く、どう戦えばいいかわからなかった。

親類とは没落《ぼつらく》したことで縁は切れてしまっている。

使用人たちは顔を伏せてレティーシャと目を合わせようとしない。

当然だろう。彼らの主《あるじ》は死んだ父で、彼らをとりまとめていたのは死んだ家令。

お金も地位も名誉もない幼いレティーシャを助けてくれるはずはない。

為《な》す術《すべ》はなかった。

結局、レティーシャは借金取りたちの手により娼館《しょうかん》に売られることになる。

自分の人生はもうこれまでだ。

その瞬間に感じたのは、怒りよりも強い後悔だった。

もし生まれ変わることがあったならば、今度は後悔のないように真面目《まじめ》に堅実に生きよう。

そう祈ったことが功を奏したのか、レティーシャの運命は大きな変化を遂《と》げることになる。


借金取りに連れてこられたのは、娘を娼館に斡旋《あっせん》する組合のようなところだった。

レティーシャのように元貴族という付加価値が付く娘は、直接娼館に売るよりも組合を通じて競売にかけるほうがお金になるからという理由だった気がする。

「ずいぶんと上玉じゃないか。いい子を仕入れたね」

とても美しいが年齢のわからない肉感的な女性がしげしげとレティーシャを見つめ、借金取りたちに感心したような視線を向けていた。

「まあな」

「あんた、魔法属性は何だい？」

「無属性です」

「ふうん。まあそうだろうね」

この国の子どもは生まれてすぐに自分が持つ魔力の属性を調べる決まりがある。

その殆《ほとん》どは魔力はあるが魔法は使えない無属性ばかり。

もし属性持ちならば、魔法を使っていろいろな職業に就《つ》けるだろう。

(もし魔法が使えたのなら、こんなところにはいないわよ)

心の中でそう毒づいていると女性が何やらごそごそと取り出しはじめた。

「子どもの頃は無属性でも、成長して属性がでることは稀《まれ》にあるんだ。どうせだし、ちょっと調べさせてもらうよ」

「ひっ!」

女性は小さなナイフを取り出すと、レティーシャの髪の毛を一房《ひとふさ》切り取った。

そして何やら複雑な文様《もんよう》の書かれた紙の上にそれを置いたのだ。

いくつかの文字が白く光り、レティーシャには読めない不可思議な図形が浮かび上がる。

「これは、まあ……」

「どうした女将《おかみ》。何か特別な魔力なのか?」

借金取りたちは目を輝かせて女性に問いかけていた。

レティーシャの価値を底上げする何かが見つかったのではないかと期待しているのだろう。

だが。

「特別は特別だね。私もこの商売は長いけど、初めて見たよ」

「おお！　早く教えてくれよ」

「この子は聖属性だね。娼婦《しょうふ》にはなれないよ」

「へっ？」

その間抜《まぬ》けな声は私のものだったのか、借金取りたちのものだったのか。

部屋の中に微妙な空気が流れる。

「そんな馬鹿《ばか》なわけがあるか。聖属性だって？　そんな希少な魔力持ちの娘が、なんでこの年まで外にいるんだ！」

借金取りたちの叫びは当然だ。

聖属性とは魔法属性の中でも最も希少なもので、もしその属性を持って生まれていたら身分を問わずに神殿の巫子《みこ》にならなければいけないという決まりが存在する。

もしレティーシャの属性が聖属性ならば、とっくの昔に神殿に預けられていたはずだ。

「さあね。さっきも言ったけど、成長してようやく属性が判明する子も稀にいるんだ。そうでないなら、この子の両親が子どもを取られたくなくて嘘《うそ》の申告をしたのかもね」

（お父様、お母様）

優しい両親の顔を思い出しレティーシャは泣きそうになる。

年を取ってからようやく授かった我が子を何より大切にしていた彼らならばありえる話だ、

と。

「聖属性の娘を売ったりなんかしたら、こっちが捕まっちまうよ」

「でも、それじゃ金が……」

「金なら神殿がくれるだろう。今は巫子《みこ》の数が少ないというし、聖属性の娘ならば神殿が支度《したく》金《きん》を払ってくれるさ」

女性の言葉に借金取りたちはわかりやすく安堵《あんど》し、レティーシャはそのまま王都の中央神殿に連れて行かれたのだった。

神殿の人たちはレティーシャのことを最初は訝《いぶか》しんでいたが、事情を説明した上で神殿で再度魔力判定したところ、先ほどの女性が言ったとおり聖属性の魔力を持っていることが正式に証明された。

神官たちは「どうして今までわからなかったのか」と首を捻《ひね》りながらも借金取りたちに支度金を支払い、私を神殿の巫子として招き入れてくれたのだった。

これで生活は安泰《あんたい》と一度は安堵したレティーシャだったが、神殿での暮らしはなかなかに過《か》酷《こく》だった。

本来、巫子は生まれてすぐに神殿にやってくる。

彼女たちは大人の巫子や神官たちの手で外界から切り離されて育てられているのだ。

特に、この中央神殿は他の神殿に比べて巫子への教育が熱心で、聖属性を持った娘の中でも見目麗《みめうるわ》しい子ばかりが揃《そろ》っていた。

不思議なほどに浮き世離れした雰囲気《ふんいき》の中で大切に育てられている彼女たちは、巫子という立場に誇りを持っており、自分たちは特別な存在だと信じて疑っていない。

そこに十二歳まで外で育ったレティーシャが入ってきたらどうなるかなど、火を見るよりあきらかだ。

彼女たちは、レティーシャを異分子として扱った。

「あの子、外で育ったんですって。これまで聖堂でお祈りしたこともないそうよ」

「まあ汚らわしい。しかも貴族だったんでしょう?」

「ええ。借金をして家がなくなってここに来たそうよ。聖神力《せいしんりょく》があるなんて、真っ赤な嘘《うそ》なんじゃないかしら」

そんな言葉を向けられ、仲間に入れてもらえることはなかった。

衣食住は過不足なく与えられていたものの、仕事を押しつけられたり、理不尽な理由で責めたてられることは日常茶飯事《さはんじ》。

いつの頃からか「外育ちの巫子」という侮蔑《ぶべつ》を込めて「外れ巫子」という呼び名までつけられてしまった。

特にあのノエルと呼ばれている金髪の巫子は貴族の血を引いていながらも幼い頃から神殿で育ったということを誇りに思っているらしく、貴族として育った期間のあるレティーシャのことを目の敵《かたき》にしている節《ふし》があった。

今ではそんなこともないが神殿に入った頃などは、見えないところで髪を引っ張られたり、足を抓《つね》られたりしたものだ。

神官に訴えたこともあったが、彼らは自分たちが育てた巫子《みこ》たちのほうが思い入れがあるため、レティーシャに対する態度はとても冷たかった。

逃げ出そうにも神殿の守りは堅く、巫子は決して外界に出ることはできない。

気がついた時には十八歳になっていた。

味方もおらず厳しい戒律《かいりつ》のある日々は楽とは言えない。

他の巫子たちの仕事だけではなく神官たちの仕事も手伝ったりと、毎日はとても忙しく、やることは膨大《ぼうだい》だった。

それでもレティーシャはその状況を粛々《しゅくしゅく》と受け止めていたし、巫子たちのことを心底《しんそこ》憎いとも思っていなかった。

何故《なぜ》なら、これは自分に与えられた罰だと思っていたから。

(子どもの頃、散々我儘《わがまま》をしてきたんだもの。私に比べれば彼女たちは優しいわ)

幼かったとはいえ、レティーシャは横暴な子どもだったと思う。

特に使用人たちに対してはずいぶんと酷《ひど》い態度を取っていた。きっとレティーシャを恨んでいる者もいるだろう。

（きっとあの子が一番私を恨んでるわね）

レティーシャの世話役の殆《ほと》んどは年上のメイドばかりだったが、たった一人だけそう年の離れていない子どもの遊び相手がいた。

庭師だかコックだかの遠縁で、屋敷の下働きをしているのをレティーシャが見かけ自分の遊び相手にしたいと無理矢理引き抜いたのだ。

おままごとに付き合わせて下手くそな化粧《けしょう》で顔を汚したり、季節外れの果物を買うまで帰ってくるなと追い出したり、馬に乗りたいからと馬の役をさせたりと、今になって思えば残酷な仕打ちをしてしまった。

シェル家が没落《ぼつらく》した時も何故かついてきたので、レティーシャは元の暮らしを失った憤《いきどお》りや、これまでとはあまりにも違う暮らしの鬱憤《うっぷん》をその子にぶつけていた。

きっとレティーシャを心から恨んでいることだろう。

（元気でやっているといいけれど）

無事を祈る資格がレティーシャにあるとは思えないが、せめてもの贖罪《しょくざい》にこっそりとその子の平穏《へいおん》を祈っていたりする。

（まあ、不幸中の幸いではあるのよねきっと）

もしあのままどこかの娼館《しょうかん》に売られていたら、十八歳を迎えることなく命を落としていたかもしれない。

辛《つら》くはあるが、一生このままここで生きていくのも悪くはないかもしれないと、レティーシャはどこか人生を諦《あきら》めていた。

それなのに。


「レティーシャ・シェル。君はガーデン公爵閣下《かっか》のつがいに選ばれた」

「は……？　つがい？　つがいって、あのつがい、ですか」

「そうだ」

大司祭の言葉にレティーシャは思い切り目を丸くした。

（突然連れてこられたと思ったら、「つがい」ですって？　私が？　嘘《うそ》でしょ!?）

つがいとはこの国に古くから伝わる一種の婚姻《こんいん》制度である。

膨大《ぼうだい》な魔力を持っていた初代国王が、魔力を制御するために巫子《みこ》を妻に迎えたことがはじまりだと言われている。

高位の貴族になればなるほどその身に強大な魔力を宿しがちで、若いうちはうまく制御ができず魔力に呑《の》まれてしまうことが多くあった。

それを解決するのが、つがいとなる巫子の聖神力《せいしんりょく》と呼ばれる聖属性の魔力だ。

巫子が貴族の魔力を受け取ることで、その魔力を正常な流れに戻せる。

そのため貴族は巫子を「つがい」という名目で、最初の妻に迎えるのがこの国の高位貴族の習《なら》わし。

貴族は魔力が増えはじめる年齢になると、神殿にいる巫子から一人、自分の「つがい」に指名するのだ。

身体《からだ》を重ねることで巫子に己《おのれ》の魔力を引き渡し、体調を安定させる。巫子は受け取った魔力を自分の聖神力で浄化するため、肉体的な被害はない。

それがこの国のつがい制度だった。

（私がつがいに選ばれた？）

聞き間違いではないかと思ったが、何度も聞き返すことは躊躇《ためら》われてしまう。

「これはとても栄誉あることだ」

「はあ……」

驚きのあまり間抜《まぬ》けな返事しかできなかった。

（なんで私がつがい指名されるわけ？）

レティーシャが巫子として神殿に入ってからこれまで何人もの巫子がつがいとして選ばれていったが、その全員が神官たちのお気に入りの見目麗《みめうるわ》しく従順そうな少女ばかりだった。

（貴族様が希望する巫子の条件を提示して、神官が当てはまる巫子を探して引き合わせてる、って話だけど）

決定権のすべては貴族にあり巫子《みこ》は基本的には指名されたら、すぐさまその身を相手に引き渡されるという。

この話を聞いた時は、あまり娼館《しょうかん》と変わらないなと思ったものだ。

違うのは相手がその貴族一人だけだということと、建前《たてまえ》上は妻という扱いになることだけ。

とはいえ、すべての貴族がつがいを必要とするわけではない。

選ばれるのはこの神殿にいる巫子のほんの一握り。

つがいに選ばれなかった巫子は子どもを産めない年齢になると、いくらかの支度金《したくきん》をもらって神殿を出ることが許される。

てっきり自分にもそういう未来が待っていると思っていたのに。

「ごほん」

衝撃から考え耽《ふけ》ってしまい動きを止めたレティーシャに、大司祭は思い切り顔をしかめながら咳払《せきばら》いをした。

「公爵のつがいになるというのに、その反応は何だ。一応は貴族だったのだろう？」

「いや……ええと」

正直なことを言えば、レティーシャはその公爵家のことを何も知らない。

（公爵様ってことは、王家とも関《かか》わりのある高位貴族よね。我が家とは格が違いすぎるのよ）

レティーシャが貴族令嬢だったのはずいぶん前のことだし、そこまで身分の高い家でもなかったので公爵家など雲の上の存在だ。

社交界デビューもしないままに没落《ぼつらく》したため、貴族社会に対する知識だって薄い。

「まったく……まあいい。流石《さすが》は狂犬というべき横暴さだな」

（狂犬？）

ずいぶんと物騒《ぶっそう》な言葉が聞こえた気がした。

それはどういうことですかと聞こうするが、それよりも先に大司祭が両手を叩《たた》く。

するとどこに隠れていたのか、ぞろぞろと年嵩《としかさ》の巫子たちが部屋の中に入ってくる。

「これからガーデン公爵との顔合わせだ。そのみすぼらしい姿をなんとかしなさい」

（みすぼらしいって！　失礼ね！）

他の巫子たちから疎《うと》まれているレティーシャの服は古くすり切れてはいるものの、自分で何度も手直ししているし、こっそりとかわいい刺繍《ししゅう》を入れているのでそれなりに気に入っているのに。

「承知しました」

「えっ、まっ、えええっ！」

反論する暇も与えられず、レティーシャは彼女たちに引きずられるようにして奥の部屋に連れて行かれたのだった。

そしてかつて貴族令嬢だった時のように全身を磨《みが》かれ、髪をとかれ、真新しい巫子服に着替えさせられた。

目の前に置かれた大きな姿見《すがたみ》に映るのは、多少貧相ではあるが上品な巫子《みこ》に見えなくはない一人の女性だ。普段とはあまりにも違う自分の姿に戸惑《とまど》っていると、世話をしてくれた巫子たちがふんと鼻を鳴らした。

「ふうん。流石《さすが》は元貴族というところかしらね」

彼女らの視線はとても冷ややかだ。

レティーシャが大人しくなすがままになっていたことも気に食わなかったのかもしれない。

確かに子どもの頃は下着ひとつにしても使用人たちに穿かせてもらっていたのでお世話されるのは慣れているが、流石に今は大人なので羞恥心《しゅうちしん》くらいはある。逆らわなかったのは、抵抗するだけ無駄だと察していたからだ。

下手に口を開けば揚げ足を取られる気がして黙っていると、次は神官たちがやってきてレティーシャに聖堂に来るようにと命じた。

(め、めまぐるしい)

年に一度開かれる生誕祭の時よりも慌《あわ》ただしいかもしれない。

冷静に考える暇がないせいで、自分の置かれている状況がうまく飲み込めずにいた。

「大丈夫ですよ」

目を回しながら歩くレティーシャに優しい声をかけてくれたのは、灰色《はいいろ》の髪をした背の高い司祭だった。

「パウロ司祭」

「まさかレティーシャがつがいに選ばれるとは驚きましたが、これも神の思し召《おぼめ》しですよ」

ふわりと優しい笑みを浮かべる彼は、この神殿の中で唯一《ゆいいつ》レティーシャにも平等な態度を取る司祭、パウロだ。

傷があるからと顔の半分を仮面で隠しているため、正確な年はわからないがレティーシャとさほど離れていないのはわかる。

どこか品のある物腰と誰に対しても親切な姿勢から、神殿の巫子たちからとても慕われていた。特にノエルはパウロになついており、彼がレティーシャに優しくする度に執拗《しつよう》に嫌がらせをされたものだ。

「そう、ですかね。いまだに信じられなくて」

「大丈夫ですよ。あなたは強い子ですから」

「はは……」

なだめるような口調にレティーシャは苦笑いで返事をする。

（パウロ司祭は優しいんだけど、なんだか胡散臭《うさんくさ》いのよね）

親切にしてくれるパウロのことは嫌いではなかったが、実は少し苦手だった。

誰に対しても優しく穏やかというのは素晴らしいことだと思うが、そこに個の感情というものが読み取れないのが不気味なのだ。

（わりと神殿の人たちは人間くさいのに、彼だけはまるで貴族みたいなのよね）

両親が時折開いていたパーティで見かけた貴族の男性たちは、みな紳士らしく振る舞いながらもどこか人形のような貼《は》り付いた笑みを浮かべており、レティーシャは少し苦手だったのを思い出す。

もしかしたらレティーシャやノエルのように貴族の血を引いているのかもしれない。

（だったらガーデン公爵様についても何か知ってるかしら）

「あの、少しお伺《うかが》いしたいのですが」

周りには人もいることから小声で話しかける。

「何でしょう？」

「ガーデン公爵様がどんな方なのかご存じですか？」

隣を歩くパウロがちらりとこちらを見てから、軽く肩をすくめた。

「歴史ある名門ですね。今の当主は少し前に跡を継いだ方です」

「へぇ」

「今の王太子殿下の懐刀《ふところがたな》とも呼ばれているそうですよ。恐ろしく強く、敵と見なした相手には容赦《ようしゃ》のないことから『狂犬公爵』などという不名誉な二《ふた》つ名《な》までついていると耳にはさんだことがあります」

「……！」

本日二度目の狂犬という言葉に身体《からだ》がすくむ。

大司祭が言っていたのはそのことだったのかと納得しながら、レティーシャは自分の行く末に更《さら》なる暗雲が立ちこめるのを感じていた。

（狂犬なんて二つ名。もしかしなくても、私、あぶないのでは？）

思わず遠い目になっていると、パウロが足を止めた。

「さ、着きましたよ」

示されたのは、信徒たちの相談を受けるための聖堂だ。

聖堂の扉だけ開けて、パウロはレティーシャに中に入るように促《うなが》した。

どうやら彼はついてこないらしい。

（あ……）

聖堂の中は、大人が十数名入ってもゆったりと感じられるくらいには広い。

入口と向かい合う位置にある壇上に、黒い服を着た男性が立っているのが見える。

（大きな人）

離れているため正確な身長はわからないが、遠目からでもとても背が高いのがわかった。

体格もがっしりとしており、黒髪が天窓から差し込む光を受けてつややかに輝いている。

横顔の雰囲気《ふんいき》からして、レティーシャよりも少し年上というところだろう。

（黒髪）

懐《なつ》かしい色合いにレティーシャは目を細める。

この国で黒髪はそこまで珍しいものでもないが、漆黒《しっこく》に近い色合いを持った人物にはこれまで一人しか会ったことがなかった。

（彼も今頃は大人になっているわよね）

ガーデン公爵への恐怖心よりも、埋もれていた過去の記憶が心を揺らした。

かつて、どんな時もレティーシャの傍《そば》にいた男の子。

懐かしさと同時にこみ上げるのは、苦い罪悪感だ。

（きっと私を恨んでいるわよね。どうか元気でいてくれればいいけど）

彼が最後にレティーシャに向けた表情には、明確な憎しみと怒りが宿っていた。

手を離した瞬間に何か叫んでいたのに、はっきりと聞こえなかったことだけが心残りだ。

「早く来なさい」

「はい」

神官のあとを追い、慌《あわ》てて前へと進む。

過去に囚《とら》われている暇はないのだ。

壇上に近づくが青年はいまだに背を向けたままだ。

やはりとても背が高い。壇上に立っていることを考慮しても、レティーシャよりも頭ひとつは背が高いだろう。

「公爵様。お望みの巫子《みこ》を連れて参りました」

呼ばれた青年の身体《からだ》がわずかに揺れる。

「レティーシャ、挨拶《あいさつ》なさい」

「はい」

神官に促《うなが》され、レティーシャは一歩前に進み出ると浅く膝《ひざ》を折った。

「は、はじめまして」

緊張のせいでうわずった声になってしまった。

恥ずかしさを噛《か》みしめていると、青年がゆっくりと振り返る。

狂犬と呼ばれる人物はいったいどんな強面《こわもて》なのかという緊張で胃がキリキリと痛んだ。

「あ……」

真《ま》っ直《す》ぐにレティーシャをとらえる黒い瞳《ひとみ》を見た瞬間、間抜《まぬ》けな声が口からこぼれた。

切れ長の目、整った眉《まゆ》、すっと通った鼻筋、薄く形のよい唇《くちびる》。

呼吸を忘れそうになるほどに整った顔がそこにあった。

（えっ？）

美しさの影に、一瞬だけ誰かの面影《おもかげ》が重なった。

そんな馬鹿《ばか》なという混乱と、もしかしてという思いがない交《ま》ぜになって、頭の中が真っ白になる。

「こちらは現ガーデン公爵のヴィンセント様だ。お前はこれからこの方のつがいとして誠心誠意仕《つか》えるように」

神官が口にした名前が頭の中で何度もこだまする。

（ヴィンセント？　今、ヴィンセントって言った？）

それはつい先ほど、レティーシャが思い出した少年と同じ名前だった。

「あの、私は……」

「レティーシャ」

名乗るよりも先に、青年が名前を呼んだ。

心地よい低音は、記憶にある『彼』の声とは似ても似つかない。

だが、どこか甘さを含んだイントネーションはまったく同じだった。

（えっ、嘘《うそ》？　どういうこと？）

頭の中は疑問符でいっぱいだ。

瞬《まばた》きすら忘れて固まるレティーシャに向かって青年が歩み寄ってくる。

体温を感じるほどに近づいた青年が、下ろしたままのレティーシャの髪に触れた。

ゆっくりとした動作で近づいてくる顔は、眩《まぶ》しいほどに美しくて直視できない。

（ひえぇ。いいにおいがする。何、何なの。どういうことなの）

後退《あとずさ》りたかったが、身体《からだ》が強《こわ》ばって動けなかった。

「……く……」

青年がレティーシャに身体を寄せ、小声で何かを囁《ささや》く。

「えっ？　何……？」

よく聞き取れず聞き返すために顔を見れば、ぞっとするほどの冷たさを孕《はら》んだ笑みがレティーシャをとらえる。

狂犬という呼び名に相応《ふさわ》しい迫力がそこにはあった。

「やっと見つけましたよ、お嬢様」

「っ～～～～～～～～～～～」

ぞわりと体中の肌《はだ》が粟立《あわだ》ったのがわかる。

間違いない、という確信がレティーシャの心臓を凍《こお》らせた。

（どうしてあなたがここにいるのよ、ヴィンセント！）

声にならない悲鳴を上げながら、レティーシャはかつての使用人を見つめたのだった。


「ヴィンセント！　今すぐお菓子を持ってきて！　ミルクもよ！」

「は、はい、お嬢様！」

レティーシャの命令に叫ぶように答えたヴィンセントが転がるように部屋を出て行く。

それを見送った部屋付きのメイドが、困ったように眉《まゆ》を下げた。

「レティーシャお嬢様。お菓子とミルクでしたら私が持ってまいりますよ」

「いいのよ。ヴィンセントは私に使われるのが嬉《うれ》しいんだから」

「あらあら」

何か言いたげなメイドを無視してレティーシャはふんと鼻を鳴らした。

「ヴィンセントは私の犬なんだから、何をしたっていいの！」

そう、ヴィンセントという少年はレティーシャの忠実な犬だった。

庭師の親類という伝手《つて》でシェル家の下働きとして勤めていた彼は、レティーシャよりも少しだけ年上の少年だった。

自分と同じ年頃の少年が珍しかったレティーシャは、自分専属の下男《げなん》にしたいと父親におねだりしたのだ。

もしレティーシャが年頃の令嬢ならば、素性《すじよう》もわからない少年を下男にするなんてと反対されただろうが、当時まだ七歳の子どもだったレティーシャのお願いは容易《たやす》く叶《かな》えられた。

それまでは毎日泥《どろ》にまみれ使用人用の小屋の隅《すみ》で眠っていたヴィンセントはメイドたちに磨《みが》き上げられ清潔な服を着せられ、レティーシャの下男として本邸に迎え入れられたのだ。

「あら、綺麗《きれい》な顔をしているじゃない」

清潔な服を着て髪を整えたヴィンセントはとても美しい少年だった。

だが栄養が行き届いていないのか頬《ほお》はこけていたし、身体《からだ》だってひょろひょろしていた。身長もレティーシャとそう変わらないため、とても頼りない風貌《ふうぼう》だ。

「あなたは今日から私の犬よ？　いいわね」

その言葉にヴィンセントはおどおどしながらも頷《うなず》いたのだった。

ヴィンセントがレティーシャの専属使用人に取り立てられたという経緯《いきさつ》だけ聞けば大出世だが、実務内容を知った使用人仲間たちは揃《そろ》ってヴィンセントに同情した。

なにせ我儘《わがまま》なお嬢様に朝から晩までこき使われ、自分の時間など殆《ほとん》ど持てないのだ。

癇癪《かんしゃく》を起こしたレティーシャにものを投げつけられることもあったし、犬呼ばわりして芸のまねごとまで強要されていたヴィンセント。

普通ならばとっくに逃げ出していてもおかしくないのに、ヴィンセントはレティーシャにずっと従順だった。

真面目《まじめ》に仕《つか》えていれば、いずれは家令《かれい》として取り立てるなり、学校への推薦《すいせん》状を書いてやるなりするというシェル子爵の言葉を信じていたからだろう。

季節外れの果物が食べたいと喚《わめ》くレティーシャをなだめ街中の店を回ったり、他のご令嬢が持っていた熊《くま》のぬいぐるみが欲しいから今すぐ作れと無理難題を申しつけられても、ヴィンセントは怒らなかった。

レティーシャに甘い周りの大人たちでさえ「もうやめておきなさい」と言うほどに、レティーシャはヴィンセントを虐《しいた》げていたように思う。

「いい、ヴィンセント。あなたは私の犬なのよ。一生私の傍《そば》にいるの。わかったわね。その代わり、ずっと食べさせてあげるわ」

「はい、お嬢様」

どんな言葉をかけても頷くヴィンセントをレティーシャはとても気に入っていた。

文字通り、かわいい犬だと思っていたし、何をしてもいい存在だと思っていた。

年月を重ね時折「流石《さすが》にこれはマズいのでは」と思ったこともあったが、手放し方がわからなかった。

シェル家が没落《ぼつらく》し、屋敷を売り払って小さな家に移り住む時、てっきり逃げ出すと思ったのにヴィンセントはレティーシャについてきた。

日中は日雇《ひやと》いで仕事をし、レティーシャに食事やお菓子や花を買ってきたこともあった。

ヴィンセントに気遣《きづか》われていることが恥ずかしくて、無性《むしょう》に腹が立ったのを覚えている。

せっかく買ってきてくれた花を捨て、食べ物を投げつけたこともあった。

ままならない日々のストレスをぶつけてしまったのだと思う。

そのうちに、ようやく現実を自覚し家令に学ぶようになったが、ヴィンセントへの態度だけはどうしても改善できなかった。

どんな時でもヴィンセントは一度も逆らわなかったが、きっと心の中ではレティーシャを憎んでいたに違いない。

最後にヴィンセントと言葉を交わしたのは、レティーシャが娼館《しょうかん》に売られると決まった日のことだ。

借金取りたちに時間をもらい、残ってくれた使用人たちに別れを告げた。

助けてくれるそぶりのない彼らに対しての憤《いきどお》りもあったが、これまでのレティーシャの態度を考えればそれも当然だと思える。

縁は切れていたが母の実家を頼るようにと紹介状を、こっそり持ち出していたいくつかの貴金属と一緒に渡した。

すると何人かの使用人たちが、レティーシャを気の毒がって泣いてくれた。

その涙だけで十分だと思えるくらいには、短い間にレティーシャの心は成長していた。

だが、一人だけあきらかに他の使用人たちと態度が違う者がいた。

「こんなものいらない！　お嬢様の嘘《うそ》つき！　ずっと傍《そば》に置いてくれるって言ったのに」

それはヴィンセントだった。

これまで一度も見せなかった子どものような態度で地団駄《じだんだ》を踏んだ。

そのことにとても傷ついたし、腹が立った。

レティーシャだって悲しいし悔しいのだ。

「うるさいわね！　犬のくせに私に逆らわないでよ！　どっか行っちゃえ!!」

そう言ってレティーシャは母親の形見《かたみ》であるネックレスをヴィンセントに投げつけた。

これ以上一緒にいることに耐えられず、レティーシャはそのままヴィンセントたちに背中を向けると、外で待っている借金取りたちのもとに走った。

「――――！」

後ろでヴィンセントが何か叫んでいたが、聞き取れなかった。

あとになってこみ上げてきたのは申し訳なさだった。

ヴィンセントが怒るのは当然なのに。もっとちゃんと話をするべきだった。

せめて長く虐《しいた》げていたことを謝るべきだったとレティーシャはずっと後悔していた。

きっとヴィンセントはレティーシャを酷《ひど》く憎んでいるだろう。

子どものしたことだからといって許されるわけがない。

どうか解放されたあとは健《すこ》やかで平和に生きてほしい。

そう心から願っていたのに。


（どうしてここにいるのよ！）

目の前に立つ美しすぎる青年はレティーシャを「お嬢様」と呼んだ。

顔を合わせた時に感じた強烈な既視感《きしかん》は、どうやら勘違《かんちが》いではなかったらしい。

「あ、あなた……ヴィンセント、様、なので、すか？」

昔のようにヴィンセントと呼びかけそうになって慌《あわ》てて敬称を付ける。

一瞬だけ美しい顔をしかめたように見えたが、気のせいだろうか。

「そうですよ」

驚きすぎて言葉が出ない。

（なんで！　なんでなの？）

どうしてここにヴィンセントがいるのか。しかも何故《なぜ》公爵なのか。レティーシャが知るヴィンセントはシェル家の使用人で、ガリガリに痩《や》せた平凡な少年だったはずなのに。

使用人から貴族、犬から狂犬。いったいどこに驚けばいいのか。

何よりどうしてレティーシャをつがいに選んだのだろうか。

一瞬、誰かと間違われてとか、神官の手違いかもと考えたが、ヴィンセントは間違いなくレティーシャを見て「お嬢様」と言った。「やっと見つけた」とも。

いろいろと聞きたいことや確かめたいことがありすぎて、頭の中がパニックだった。

はくはくと口を動かしていると、傍《そば》にいた神官が怪訝《けげん》そうな顔でこちらを見る。

「レティーシャ。公爵様になんという態度だ。つがいとはいえ、立場の違いを自覚しろ。早く頭を下げるんだ」

「は、はい。あの、どうぞよろしくお願いします」

慌ててレティーシャは一歩下がると、ヴィンセントに頭を下げる。

かつて主《あるじ》と使用人という関係だったとしても、今のレティーシャはしがない巫子《みこ》で、ヴィンセントは公爵だ。無礼な態度は許されない。

「貴様、その態度は何だ」

冷たい言葉が頭上から降り注ぐ。

「誰に向かって口をきいている。その舌《した》を切り落とされたいのか？　それとも首をねじきってやろうか」

流れるような口調で、とんでもなく恐ろしい言葉が聞こえた。

怒気《どき》を孕《はら》んだ声が空気をビリビリと震わせる。

「聞いているのか」

（こ、殺される）

返事もできず身体《からだ》を硬《かた》くしていると、大きな手がレティーシャの腕を摑《つか》んだ。

もう駄目だと思ったのに、何故かそのまま腰を抱かれヴィンセントの横に立たされる。

「彼女は今日から私のつがいだ。たとえ神官であろうとも、見下すような発言は許さない」

「へっ？」

「はっ？」

レティーシャと神官の声が面白《おもしろ》いくらいに重なった。

「大司祭殿。顔合わせはこれで終わりか？」

「え、ええ」

大司祭も目の前で起きた出来事が理解できないのか、ぎこちなく頷《うなず》いている。

「では、彼女はもらっていく」

「えっ？　きゃあ！」

ヴィンセントが流れるような動きでレティーシャを抱え上げると、いわゆるお姫様抱っこの状態ですたすたと歩き出す。

周りにいた神官たちが、驚いて目を丸くしている。

自分の身に何が起こったか理解できず、言葉を発することができないでいた。

(何、何なの!?)

「何か持ち出したい荷物はありますか？」

「い、いえ！　私物は殆《ほとん》どないので！」

問いかけられてぶんぶんと首を振る。

巫子《みこ》にも一応は個室が与えられているし勤めがない時に着る私服はあるが、はっきり言って持って行きたいようなものはない。

ヴィンセントはレティーシャの返事を聞いたあと、何かに納得するように頷く。

「わかりました。では行きましょう、お嬢様」

お嬢様の部分を強調されて、レティーシャはぞわりと身体《からだ》を震わせる。

こちらを見つめるヴィンセントの瞳《ひとみ》には、何か仄暗《ほのぐら》い色が宿っているように思えたからだ。

ようやくレティーシャは自分の置かれている状況を理解しはじめていた。

（私、とてつもなくあぶない状況なのでは）

先ほどの恐ろしいヴィンセントの口調を思い出す。

狂犬という呼び名に相応《ふさわ》しい物騒《ぶっそう》な言葉遣《づか》い。

きっと普段からああいう態度で他人に接しているのだろう。

レティーシャはそんなヴィンセントのつがいになったのだ、と。

貴族のつがいに選ばれた巫子は、その貴族の最初の妻になる。

もちろん、妻と言っても、あくまでもかりそめの関係。

魔力を受け取るために身体は重ねるが、一定期間務めを果たしたあと貴族の魔力が安定すれば離縁し、いくらかの支度金《したくきん》をもらって市井《しせい》に降りるのが慣例だと聞いている。

つまりは使い捨てに等しい。

巫子の殆どは幼い頃に家族とは縁を切らされているので、文句を言ってくる実家もない。

従順でなかったため、夫となった貴族から非道な扱いをされて婚姻《こんいん》中に命を落としたり、離縁されたあとにお金がもらえず野垂《のた》れ死んだ巫子もいると、教育係の神官から脅《おど》しめいた口調で教えられたこともある。

(えっ、もしかしてそれが目的?)

思い当たった可能性にレティーシャは目を剝《む》く。

レティーシャを抱きかかえたまま歩くヴィンセントを見上げれば、視線に気がついたのか彼は不意に足を止めた。

「お嬢様」

先ほどまでの恐ろしくも冷たい瞳《ひとみ》とは違う、何か特別な熱を孕《はら》んだ視線がレティーシャをとらえる。薄い唇《くちびる》が、綺麗《きれい》な弧《こ》を描いた。

「これからが楽しみですね」

怖いくらいに美しい笑顔に、血の気が引く。

(使用人時代の恨みつらみを果たすために、私をつがいに選んであんなことやこんなことをするつもりなのでは!?)

ざっと血の気が引いた。

そうでなければわざわざレティーシャをつがいに選ぶ理由がない。

(私、復讐《ふくしゅう》される!?)

抱きかかえられた状態であわあわと泡《あわ》を吹きかけていると、ヴィンセントはにんまりと口の両端をつりあげた。

「どうぞよろしくお願いします、お嬢様」

（ひいいい）

人は本当に恐怖した時は悲鳴すら上げられないらしい。

半分 魂《たましい》を飛ばした状態で、ヴィンセントに抱きかかえられたまま神殿の外に出た。

途中で一緒に育ってきた巫子《みこ》たちがきゃあきゃあ何かを言っていた気がするが、一切耳には入らなかった。

実に六年ぶりの外界だというのに喜ぶ暇もなく、何やら豪華な装飾が施《ほどこ》された馬車へ連れ込まれた。

レティーシャとヴィンセントの二人が乗り込んでもゆったりとした馬車なんて、レティーシャが子爵令嬢だった時にも乗ったことはなかっただろう。

そっと降ろされた深い紺色《こんいろ》の天鵞絨《ビロード》が張られた座面はふかふかとした座り心地で、レティーシャはこれは夢なのではないだろうかと意識を現実から飛ばしかける。

そうこうしているうちに馬車が走り出してしまう。

「お嬢様？」

「ひっ！」

呼びかけられてレティーシャは我に返った。

向かい合わせの席に腰を下ろしたヴィンセントがこちらを真《ま》っ直《す》ぐに見ていた。

見れば見るほどに美しい顔だ。

切れ長の目元は芸術品のように左右対称だし、すっと通った鼻筋は男らしい。形のいい唇《くちびる》は肉付きが薄く、そこはかとない色気を漂わせている。

子どもの頃は儚《はかな》げな美少年という風貌《ふうぼう》だったが、年月を重ねたことでここまでの美青年に成長するなど想像もしなかった。

本当にあのヴィンセントなのだろうかという今更《いまさら》ながらの疑問が湧《わ》いてくる。

「ご安心ください。私はあなたの犬だったヴィンセントで間違いありませんよ」

（なんで！）

まるで心を読んだような言葉にレティーシャはびしりと固まる。

「どうして……」

その言葉にはあらゆる意味が込められていた。

どうしてレティーシャをつがいに選んだのか。どうして公爵をやっているのか。

ヴィンセントは何かを察したように少しだけ目を細めると、ふっと短く笑った。

「さて、どこから話しましょうか」

レティーシャをあざ笑うように、ヴィンセントはゆっくりと足を組む。

その余裕めいた仕草《しぐさ》にだんだんと腹が立ってくる。

（あんなにかわいらしかったのに）

そんな気持ちが表情に出ていたのか、ヴィンセントが何かを面白《おもしろ》がるように片眉《まゆ》を上げた。

「お変わりないようで安心しました」

「なっ……」

あの頃のことを深く反省している身としては、変わらないと言われるのはとても心外だ。

昔のような横暴な振る舞いはしないと心に決めているし、感情のままに発言したり行動することは絶対にしないと誓《ちか》ったのに。

（……ううん。そんなことはヴィンセントには何の関係もないよね）

湧き上がりかけた怒りは一瞬で消える。

レティーシャがヴィンセントを虐《しいた》げていたのは事実なのだ。

どんなに年月が過ぎようとも、許したくないと思っているのならば受け入れるしかない。

覚悟を決めたレティーシャはごくりと喉《のど》を鳴らすと意を決して口を開いた。

「あの……ガーデン公爵様」

「ヴィンセント、と」

「えっ？」

「昔のようにヴィンセントとお呼びください、お嬢様」

またもお嬢様と呼ばれ、レティーシャは息を呑《の》む。

（あの頃のことを忘れてないってことね……）

どんな事情があるにせよ、今のヴィンセントは公爵だ。

落ちぶれた元子爵令嬢であるレティーシャを「お嬢様」と呼ぶ必要などないのに。

(うう、やっぱり私のことを恨んでるのね……)

こちらを見るヴィンセントの視線は鋭く、レティーシャの一挙一動《いっきょいちどう》を見逃すものかという意気込みすら感じる迫力があった。

ほんの少しでも粗相《そそう》をすれば、それをネチネチと指摘《してき》されそうな気がする。

「そういうわけにはまいりません。私は巫子《みこ》で、あなたは公爵様なのですから」

「いいえ。俺たちはつがいになったのです。つまりは夫婦、家名や役職で呼び合うのはおかしな話ですよ、お嬢様」

(あなただってお嬢様って呼ぶじゃない!)

反論しかけるもぐっとこらえ、レティーシャはこめかみを指先で押さえた。

「……わかりました。それではヴィンセント様。私の質問に答えていただけますか」

「なんなりと」

わざとらしい口調と共に微笑《ほほえ》みかけられ、レティーシャはぐっと喉《のど》を鳴らす。

悔しいがあまりの顔のよさに目がくらみそうだった。

「どうしてガーデン公爵と名乗っているのですか？　私の知る『ヴィンセント』は、貴族の子ではなかったはずですよ」

そう。レティーシャの知るヴィンセントは平凡な少年だった。

出会った時は読み書きだってできなかったし、食事のマナーだってレティーシャが教えた。

「よくある話ですよ。俺は先代ガーデン公爵の息子だったのですが、母は俺を産んだことが原因で亡くなりました。母の死後、俺は居場所を失った。俺は生きるために家を飛び出し、シェル子爵家に転がり込んだのです」

「……！」

驚きに目を丸くすれば、ヴィンセントが軽く肩をすくめる。

「お嬢様に捨てられたあと、いろいろあって俺は公爵家に戻ることになりました。そして後継者としての教育を受け、今に至《いた》る。それだけのことですよ」

「それだけって……」

ずいぶんと話を端折《はしょ》られた気がする。

「それで納得しろと？」

「事実ですから」

さらりと答えるヴィンセントの口ぶりからは嘘《うそ》は感じない。

しかし本当のことをすべて言っているとも思えなかった。

（全部話す気はないってことね）

「他に聞きたいことは？」

「……そのお話がすべて事実だとして、どうして私をつがいに選んだのですか。あの神殿には私以外にも年頃の巫子《みこ》はたくさんいたのに……」

それこそレティーシャよりも美しい娘や、歌のうまい娘、本人曰《いわ》く、辿《たど》れば王家の血筋だという娘もいた。

だというのに何故《なぜ》よりにもよってレティーシャなのか。

神官や大司祭の態度からして、ヴィンセントは間違いなくレティーシャを指名している。

「前提を間違えていますよ、お嬢様」

「は？」

「俺はずっとあなたを捜していたんです。捜して捜して……ようやく見つけたあなたは巫子になっていた。そして俺は合法的に巫子を手に入れる力を持っていた。それだけのことです」

「それだけって……」

再びさらりと告げられて、目眩《めまい》がしそうになる。

つまりヴィンセントは巫子の中から偶然レティーシャを見つけたのではなく、レティーシャが巫子だったからつがいに指名したということらしい。

レティーシャを見つめるヴィンセントの目がすっと細まる。

その鋭さに、レティーシャはびくりと身をすくませた。

「驚きましたよ。てっきりあなたはどこかの娼館《しょうかん》に売られたと思っていました。だが、国中の店をしらみつぶしに捜しても見つからなかった。俺がどんな気持ちだったかわかりますか？」

　思わず首を横に振れば、ヴィンセントが疲れたようにうなだれる。

「どこかの変態に身請《みう》けされたかもしれない。病《やまい》で表に出てこれなくなってるかもしれない。もしかしたら、もう命を落としているかもしれない。そんな恐怖に身もだえながらこの六年を過ごしていたんですよ」

　手で顔を覆《おお》ったヴィンセントの声は地を這《は》うような低音で、聞いているだけで血の気が引いてくる。

「まさか娼館には売られず神殿にいただなんて。想像もしませんでしたよ。灯台もと暗しもいいところだ」

「……それは私も思うわ」

　レティーシャ自身も自分が巫子になるだなんて想像もしていなかったのだから、ヴィンセントが驚くのも当然だろう。

「これは俺に与えられた最高の幸運なのですよお嬢様。まさかあなたを俺のつがいにできるなんて。これであなたは一生俺から逃げられない」

（ひ、ひいいいい）

　まるで魔王のごとき迫力だった。

　こちらを見つめる黒い瞳《ひとみ》はぎらぎらと輝いており、何やら呼吸も荒い。

美しい顔の男の常軌《じょうき》を逸《いっ》した発言と態度にレティーシャは泣きそうだった。

（こわいこわいこわい）

本音を言えば今すぐこの馬車から飛び降りて逃げ出したい。

だがそんなことをしても、すぐに捕まってしまうだろう。

「覚悟してくださいねお嬢様」

（何を覚悟すればいいのよぉ！）

どう考えてもレティーシャの未来は明るくない。

まさかそれほどまでに恨まれていたなんて。

いや、恨まれているという予想はしていた。

子どものしたこととはいえ、ヴィンセントのことを犬と呼び、身勝手に虐《しいた》げ続けたのだ。

さぞ、彼の自尊心をたくさん傷つけたことだろう。

ヴィンセントが貴族の子どもだとしたらなおさらだ。

（謝ろう。とにかく誠心誠意謝ろう）

それで許してもらえるとは思えないが、謝罪するとしないでは心証が違う。

「あの、ヴィン……」

「これからの毎日がとても楽しみですよお嬢様。くれぐれも変な気は起こさないように。俺の目の届かないところに行くのも許しません。わかっていますね？　もう昔とは何もかもが違うのですから」

「ひっ」

じっとりとした口調にレティーシャの心が折れる。

謝ろうとした気持ちが音を立てて萎《しぼ》んでいくのがわかった。

きっと謝っても無駄だ。むしろ火に油を注ぐだけかもしれない。

「ああ、見えてきましたよお嬢様。あれが今日からあなたの家です」

「え？」

ヴィンセントが馬車の窓の外を指さした。

それにつられるように目を向ければ、大きなお屋敷がそびえ立っているのが見えた。

（何あれ！　お城!?）

かつて暮らしていたシェル子爵家もそれなりに大きな屋敷であったが、ガーデン公爵家はそれを上回る大邸宅だった。

周囲をぐるりと囲む柵《さく》の雰囲気《ふんいき》からして敷地もとても広大そうだ。

真鍮製《しんちゆう》の巨大な門扉《もんぴ》が開き、馬車を迎え入れる。

どこかの公園かと見紛《みまが》うばかりの前庭を抜け、屋敷の正面玄関に馬車が止まった。

「さ、行きますよお嬢様」

ヴィンセントが当たり前のような顔をして馬車を降りていく。

開け放たれた扉からおそるおそる顔を覗《のぞ》かせれば、正面玄関前には数名の使用人と騎士らしき人たちが並んでいた。

（ひっ）

もはや声も出なかった。

彼らは真《ま》っ直《す》ぐにヴィンセントを見つめており、動くことを禁じられた人形のように微動だにしない。咳払《せきばら》いのひとつでもしたら叱責《しっせき》されそうな空気だ。

「お手をどうぞ」

「……ありがとうございます」

差し出されたヴィンセントの手を取り、ゆっくりと馬車を降りる。

立ち並んだメイドたちからの熱い視線を感じながら固まっていると、ヴィンセントが高らかな声で告げた。

「彼女はレティーシャ。神殿の巫子《みこ》であり、俺のつがいだ。丁重《ていちょう》にもてなすように」

決定事項として告げられる言葉は反論も質問も許さないと言いたげな圧《あつ》がある。

使用人たちはそれが当然とでもいうような表情で頷《うなず》くと、レティーシャに向き直って頭を下げてくる。

「承知しました」

こんなにもたくさんの使用人に囲まれたのははじめてではないだろうか。

気圧《けお》されつつも、なんとか背筋を伸ばしていたが、レティーシャは内心気絶したいほど緊張していた。

（もてなすって何!?　もしかして使用人たちによる虐《いじ》めがはじまるわけ!?）

レティーシャは完全にネガティブ思考に染まっていた。かつて使用人たちを虐《しいた》げていたレティーシャを、使用人たちに虐げさせようというのではないかと身構える。

「それではお嬢様。残念ですが俺は少し仕事がありますので、夜には戻りますので、どうぞゆっくりとお過ごしください」

「えっ？　えっ？」

てっきり一緒に屋敷に入るのだとばかり思っていたのに、まさかここに置いていかれることになるとは思わなかった。

たとえ復讐《ふくしゅう》されるとわかっていても、突然見知らぬところで一人になるのは不安だ。

レティーシャは思わずヴィンセントの袖《そで》を摑《つか》んでいた。

その瞬間、ヴィンセントがびしりと音を立てて固まった。

「あっ、ごめんなさい」

慌《あわ》てて手を放すが時既に遅し。

ヴィンセントは摑まれた袖をじっと見つめ、微動だにしなくなってしまった。

「あの……？」

おそるおそる顔を覗《のぞ》き込もうとするが、それよりも先に背中を向けられてしまった。

やはり憎い相手に触られるのは服でも嫌だったのだろう。

ついとはいえ、とんでもないことをしてしまったとレティーシャが俯《うつむ》いていると、軽い咳払《せきばら》いの音が聞こえた。

「なるべく早く戻ります」

「……はい」

頷《うなず》くしかないだろうとレティーシャはゆるゆると首を縦《たて》に振る。

ヴィンセントは背を向けたまま馬車に乗り込むと、本当にそのまま走り去ってしまった。

取り残されたレティーシャはしばらくそれを見送っていたが、意を決してゆっくりとメイドたちへと向き直った。

(最初が肝心《かんじん》。最初が肝心よ、レティーシャ)

きっと彼らはヴィンセントから話を聞いて、レティーシャのことを鼻持ちならないお嬢様だと思っているに違いない。

そうでなくても突然現れた神殿の巫子《みこ》という、どこの馬の骨ともしれない娘。

少しでも印象をよくしておかなければ、命がない。

「ごきげんよう皆さま。本日よりお世話になります、レティーシャと申します。ご迷惑をおかけすることもあるかと思いますが、どうぞよろしくお願いします」

努めて上品に頭を下げればメイドたちがわっと声を上げた。

(えっ?)

顔を上げると、メイドたちは嬉《うれ》しそうな顔でレティーシャを見ていた。

嘘《うそ》のような歓迎ムードだ。

「ようこそ奥様、お待ちしておりました」

「さあさあ、お屋敷の中にお入りください」

「まずはお召し替えをしましょう。巫子服も素敵《すてき》ですが、やはりドレスがよいでしょう」

「髪も整え直しましょうね。その髪型は少々地味ですわ」

予想に反した明るい返事にレティーシャは戸惑《とまど》う。

あっという間にメイドたちに取り囲まれてしまった。

「旦那《だんな》様のおっしゃっていたとおりの方ですわ」

「ご期待に応《こた》えなければ」

彼女たちの口調はやけに楽しげで、ヴィンセントを喜ばせたいという気概《きがい》が伝わってくる。

使用人の態度を見ていれば、どんな主《あるじ》なのかはおのずと見えてくるものだ。

横暴で乱暴な主の使用人はやはりどこか粗野《そや》だし、主を悪く言うことに躊躇《ちゅうちょ》がない。

だが、このメイドたちの言葉の端々からはヴィンセントを尊敬しているのが伝わってくる。

(信頼されているのが伝わってくるわ。きっといい主人をしているんでしょうね)

勝手に感じ入っていると、あれよあれよという間に屋敷の中に引き込まれてしまう。

外観と同様、屋敷の中はとても広く豪華だった。

広々としたエントランスは神殿の聖堂並みではないだろうか。

あちこちに絵が飾られており、家族の肖像のようなものもいくつか見えたが、ゆっくり鑑賞する暇はなかった。

「さぁさぁ、参りますよ」

(ひぃ)

奥の部屋に通されたレティーシャは、メイドたちの手によって着ていた巫子《みこ》服を剝《は》ぎ取られ、もとい脱がされてしまった。

「これは処分してもよろしいですか?」

「あ、いえ。一応、とっておいてください」

今朝着せられたばかりの真新しい巫子服だ。処分するのは忍びない。

(いつか神殿に返却してもらおう)

そんなことを考えているとメイドたちがたくさんのドレスを運んできた。

「奥様には何がお似合いかしら」

「明るい色がいいわよ。髪も結《ゆ》いましょうね」

色とりどりのドレスをあれやこれやと当てられたり、着せられたり、髪を結われたりと、まるで着せ替え人形だ。

神殿での扱いと違うのは、みんな何かをする度にレティーシャに声をかけ、笑いかけてくれることだろう。

恥ずかしいのになんだかフワフワとした気分になってくる。

そうこうしているうちに、本日二度目のおめかしがようやく終わった。

「とってもよくお似合いですよ！」

「……ありがとうございます」

ぎこちなく御礼を口にするレティーシャに、メイドたちはにこにこと嬉《うれ》しそうに笑いながら大きな鏡の前に連れ出す。

「ひえっ」

そこに映っていたのは淡い栗毛《くりげ》をふんわりと結い上げ、若草色のドレスに身を包んだ、貴族令嬢の姿だった。

一瞬、それが自分だと理解できなかった。

この六年。まともに着飾る機会などなかったのだ。

最後にドレスを着たのは、娼館《しょうかん》に売られると決まった日だったのではないだろうか。

神殿ではいつもおさがりの巫子服を着せられ、髪を整えることもしなかった。外に出ることがないので肌《はだ》は白かったが、それだけだ。

ヴィンセントに引き合わされる前はとりあえず見られる形に整えられただけだったこともあり、すごい変化だと思う。

（もはや詐欺《さぎ》では？　公爵家のメイドさんすごい）

感動と驚きに震えていると、今度は食堂へと案内された。

「お食事でございます」

「わ、わぁ……！」

感嘆と悲鳴が入り交じった声が出てしまう。

広い食堂にはそれに見合った大きなテーブルがあり、おそらくはレティーシャのために用意されたのであろうさまざまな料理が並んでいた。

温かそうなスープに新鮮な野菜のサラダ、魚料理に肉料理。多分この勢いだとデザートもあるに違いない。

本当に座っていいのだろうか。毒でも仕込まれているのではないかと固まっていると、メイドたちの手によりその席に案内されてしまった。

「どうぞ召し上がってください」

悪意の欠片《かけら》も感じない笑顔で勧《すす》められ、断れるわけがない。

（ええい）

流石《さすが》に連れて帰ったその日に毒殺はしないだろうという願いを込め、レティーシャはサラダを口にした。

「あ……美味《おい》しい」

「お口に合ってよかったですわ。ささ、こちらもどうぞ」

「は、はい」

もうそこからは言われるがままに美味しくご飯をいただいた。

神殿では粗食が当然だったので、こんなに美味しいご飯は久しぶりすぎた。

お腹《なか》がふくれると、今度はとても綺麗《きれい》な部屋に案内される。

室内はレティーシャの好きな深い緑の壁紙に、落ち着いた色味の家具で揃《そろ》えられている。

「こちらが奥様のお部屋になります」

「えっ、私の部屋ですか!?」

神殿で使っていた部屋の十倍はあろうかという大きな部屋に思わずたじろぐ。

あまりにも不相応ではないだろうか。

「何かの間違いではないでしょうか。私はヴィンセント様のつがいなのに……」

「はい。旦那《だんな》様からは、つがいである奥様をしっかりもてなすように仰《おお》せつかっております」

もしかして、彼らはつがいが何かわかっていないのではないだろうか？

高位貴族にとってつがいは重要な存在ではあるが、こんな風にもてなす必要はないのに。

混乱しているとメイドたちがにこやかに話しかけてくる。

「今日はお疲れでしょうから、旦那様《だんな》が帰られるまではゆっくりとお過ごしくださいませ」

どうやら彼らは本気でレティーシャを歓迎してくれているらしい。

これらが演技なのだとしたら、彼らは全員役者になれる。

もしかしたら本職は役者で、レティーシャを騙《だま》すために雇《やと》われてここにいるのではという想像すらしそうになった。

(ヴィンセントは自分で手を下すつもりなのかしら)

最初はこの屋敷ぐるみで復讐《ふくしゅう》されると思っていたが、使用人たちから苦しめてやろうというような意気込みは感じない。

むしろ誠心誠意尽くされて逆に居心地《いごこち》が悪すぎるくらいだ。

「旦那様がお戻りになったらお呼びしますね」

「は、はい」

「御用がありましたらそちらのベルを鳴らしてください」

机の上には小さなベルが置いてあった。

かつて貴族令嬢だった時も、同じものが部屋に備え付けてあったのを思い出した。

(昔の私は、大した用事でもないのにベルを鳴らして人を呼んでたわよね)

引き出しからペンを出せだの、本のページをめくれだのと、自分でもできることを人に命じていた過去の自分を叩《たた》いてやりたくなる。

「ありがとうございます。どうしてもの時は使わせていただきますね」

感謝を伝えつつ頭を下げれば、メイドたちが感心したように微笑《ほほえ》み「遠慮しないでくださいね」と言いながら部屋から出て行った。

扉が閉まればようやく一人だ。

レティーシャは、無言で近くにあった長椅子《いす》に倒れ込むように腰を落とす。

「つ、疲れた……」

あまりにも怒濤《どとう》だった。

大司祭によりつがいに選ばれたとの知らせを受けてからまだ数時間しか経《た》っていない。そうとは思えない密度だった。

まだ心の片隅《かたすみ》ではこれは夢なのではと思っているくらいだ。

（ヴィンセントは公爵になっていて、私をつがいに選んだ。嘘《うそ》みたい）

それだけならばまるでドラマチックなお伽噺《とぎばなし》だ。

幼い頃に生き別れた二人が、大人になって再会し、夫婦となる。

もしレティーシャとヴィンセントの間に友情があれば、もっと素直に喜べただろう。

だが二人の間に合ったのはレティーシャが一方的にヴィンセントを使役《しえき》していたという主従関係しかない。

（うう。これからどうなるの）

つがいとなった以上は避けては通れない役目があることは間違いない。

ちらりと視線を向けたのは大きすぎるベッドだ。

壁紙と同じく深緑のベッドカバーがかけられている。

（あそこで、ヴィンセントと……）

かあっと顔が熱を持つ。

これまで考えないようにしていたが、現実を目にしたことでようやく頭が動き出したらしい。

いたたまれずにソファに置かれていたクッションに顔を埋め悶《もだ》えていると、だんだんと眠気が這《は》い上がってきた。

（だめ……寝ちゃう……）

なんとか起きていようと試みたが睡魔《すいま》には勝てず、レティーシャはそのままソファで意識を手放したのだった。

二章　初夜、そしてつがいの真実

「奥様、奥様」

「ひえっ」

誰かに揺さぶられレティーシャは意識を浮上させる。

「あ、寝坊!?　すみません！」

礼拝に遅れてしまうと慌《あわ》てて飛び起きれば、そこにいたのは苦笑いするメイドだった。

「えっ？」

一瞬、ここがどこだかわからず部屋の中を見回す。

上品な室内にはいくつかのランプが灯《とも》されており、薄暗い。カーテンがしっかりと引かれていることから、すでに夜なのだろう。

（ああ、そうか私……）

ようやくガーデン公爵家にいることを思い出したレティーシャは、自分を揺り起こしたメイドに視線を戻す。

（起きてるつもりだったのに）

少し休んだら誰かを呼んでヴィンセントのことを聞いておこうと思っていたのに失敗したと

半分寝ぼけた頭で考える。

「すみません、寝てしまって」

「お疲れだったんですね」

「はい……」

恥ずかしくなって小さくなっていると、メイドの一人が申し訳なさそうに近づいてきた。

「旦那《だんな》様が戻られるとの知らせが届きましたので、ご準備をお願いします」

「え、あ、はい！」

出迎えの準備だろうかとのろのろ立ち上がれば、何故《なぜ》か部屋の外ではなくメイドによって部屋に備え付けられた一室に案内された。

「えっ？」

そこはとても広く豪華な浴室だった。

半分寝ぼけているレティーシャが状況を把握《はあく》できないでいると、メイドたちによってドレスを脱がされ、浴槽《よくそう》で身体《からだ》を洗われ、全身に何やらいい香りのする香油をすり込まれる。

薄化粧《うすげしょう》を施《ほどこ》されたのち、薄いレースで作られたネグリジェを着せられた。

「えっ!?」

そこでようやくレティーシャは己《おの》が身に何が起きようとしているのか察する。

（準備ってそういうこと!?）

赤くなったり青くなったりするレティーシャを余所《よそ》に、メイドたちはてきぱきと手を動かしレティーシャの支度を完成させてしまった。

そして再び部屋へと戻しベッドに座らせると「このままお待ちください」とだけ言って昼間と同じように部屋を出て行ってしまった。

ぽつんと取り残されたレティーシャは茫然自失《ぼうぜんじしつ》だった。

(終わった、私の人生ここで終わった)

これから訪れる展開を思い浮かべ、レティーシャはぶるぶると身体を震わせる。

叫びたいのを我慢《がまん》していると、扉がノックされ、軽装のヴィンセントが部屋に入ってきた。

「その姿で待っていたんですか」

「でも、これを着るように、って」

「ガウンか何かを羽織《はお》るべきでしょう。風邪を引いたらどうするんですか」

ヴィンセントはそう言って大股《おおまた》にこちらに近づいてきたかと思ったら、長椅子《いす》にかけてあったガウンをレティーシャの肩にかけた。

強《こわ》ばっていた身体が温《ぬく》もりにふっと軽くなる。

「何か飲みますか?」

「え、ええ」

「どうぞ」

ヴィンセントは慣れた手つきでコップに水を注ぐとレティーシャに差し出してきた。

一口飲むとふっと心も軽くなる。

「落ち着きましたか？」

柔らかな声で問いかけられ、レティーシャはぎこちなく頷《うなず》いた。

てっきり何の断りもなく手酷《てひど》く抱かれるのだろうと思ったのに、優しくされて戸惑《とまど》っているとヴィンセントが何故《なぜ》か顔をしかめる。

「そんな顔をしても無駄です。俺は今からあなたを抱きます」

はっきりと告げられた言葉に身体《からだ》が強《こわ》ばる。

「お嬢様。ようやくこの時を迎えられ、俺はとても嬉《うれ》しいです」

ヴィンセントがゆっくりと手を伸ばし、レティーシャの頬《ほお》を撫《な》でた。

大きく骨ばった手はかつての少年のものとはあまりにもちがう。

そのまま肩を緩《ゆる》く押され、背中からベッドに落とされる。

「今日からあなたのすべては俺のものです。かつての使用人に組み敷かれるのは屈辱《くつじょく》でしょうが諦《あきら》めてくださいね、レティーシャお嬢様」

目を細めながら見下ろしてくるヴィンセントの顔には、嗜虐《しぎゃく》的な色が滲《にじ》んでいる。

（やっぱり私、復讐《ふくしゅう》されるんだわ！）

きっと手酷く抱かれるに違いない。

玩具《おもちゃ》のように扱われ、役目が終わったら放り出されるのだろう。

ぞくりと身体を震わせ、思わず身体を強ばらせたレティーシャを逃がすまいとするかのように、ヴィンセントが頬に手のひらを押しあててくる。

見下ろしてくる美しい顔に、息が止まりそうだった。

頬を包んでいた手が首筋へと下り、ネグリジェの上から胸元をゆっくりと撫でた。

「んっ……」

くすぐったさに身をよじり声を上げれば、ヴィンセントが喉《のど》を上下させる。

「お嬢様」

甘い声が耳朶《じだ》をくすぐる。

ネグリジェの上から身体を撫でていた手がするりと素肌《すはだ》に触れた。

「ひっ」

焼け付きそうな熱さに息を呑《の》めば、ヴィンセントが慌《あわ》ててその手を引っ込める。

何かに怯《おび》えたようにヴィンセントの黒い瞳《ひとみ》がゆらゆら揺れていた。

その仕草《しぐさ》はかつて使用人だった頃のヴィンセントそのままで。

（えっ）

てっきり乱暴にことに及ばれると思っていたのに、どうしてそんな顔をするのだろうか。

「あの、ヴィンセント様……」

「あなたは俺のつがいです」

突然の宣言にレティーシャははてと首を傾《かし》げる。

そんなことはわかっているし、もう何度も確かめたではないか。

「ええ。私はあなたのつがいです」

「だから、何をしてもいいんだ」

「そう、ですね」

自分に言い聞かせるように呟《つぶや》くヴィンセントに、レティーシャは素直に頷《うなず》く。

「お嬢様」

何故《なぜ》か泣きそうな声で名前を呼びながら覆《おお》い被《かぶ》さってくるヴィンセントに口づけられ、レティーシャは静かに目を閉じた。

こんなに美しい上に公爵という肩書きなのだから、てっきり経験豊富だろうと思っていたのに、ヴィンセントの手つきはどこかたどたどしい。

レティーシャも経験などないのでこれが正解かはわからないが、唇《くちびる》を食べる気なのかと聞きたくなるような荒々しい口づけや、繊細《せんさい》なレースを破きかねない力の強さはあぶなっかしく、別の意味で心臓がどきどきしてしまう。

あっという間にネグリジェを剝《は》ぎ取られ、殆《ほとん》ど裸と言って差し支えのない姿にされる。

「うう……」

恥ずかしくなって両手で胸を隠せば、ヴィンセントが何故か低く呻《うめ》いてこちらを睨《にら》みつけた。

ぎらぎらとした瞳《ひとみ》が怖くてひっと喉《のど》が鳴ってしまう。

「隠さないでください。あなたのすべては俺のものでしょう」

「で、でも……恥ずかしいわ」

「俺しか見ていません。俺のものです。全部見せてください」

「あっ」

大きな手がレティーシャの手を摑《つか》んで腕を解いてしまう。

まろび出た胸元をヴィンセントはじっと見つめ、それからゆっくりと顔を寄せていた。

「甘いにおいがする……あなたの香りだ……」

うっとりした口調にかっと体温が上がる。

それは香油の香りだと訴えたかったが、緊張のせいでうまく言葉が出てこなかった。

「んっ……やっ……」

ざらりとした男性らしい手のひらが、素肌《すはだ》に触れる。

あまり大きいとは言えない胸の形を確かめるようにやわやわと揉《も》まれ、レティーシャはうわずった声を上げた。

「柔らかい……ああ、お嬢様」

お嬢様と呼ばれる度に、とんでもないことをしているのではないかという背徳感《はいとく》が湧《わ》き上がってくるのでやめてほしいが、そんなことを訴える余裕もなかった。

ふくらみを優しく包むように触れてきた手のひらが先端を転がすように撫《な》でていくと、むずがゆいような甘い痺《しび》れが全身に広がった。

(何これ、何これ……)

お腹《なか》の奥がじんと痺れて、思わず逃げ出したくなるような衝動に駆られる。

身をよじって逃げようとするが、のしかかってくるヴィンセントの身体《からだ》はびくともしない。

「ん、あ……」

口から勝手にこぼれる自分の声が酷《ひど》く甘ったるくて、レティーシャは泣きたくなった。

いやいやと首を振りながらなけなしの力でがっしりとした肩を押してみるが、びくともしない。それどころか、胸元を凝視《ぎようし》していた顔がどんどん近づいてきて、とうとうレティーシャの胸の間に鼻先が埋まってしまった。

「ひゃあ！」

汗ばんだ肌《はだ》をヴィンセントの息がくすぐる。

それだけならよかったのに、べろりと生温《なま》かい濡《ぬ》れた感触まで伝わってくる。

「や、んっ……だめ、舐《な》めないでぇ」

「いやです」

びっくりするほどきっぱりした口調で断られてしまう。

胸の間から丘を辿《たど》ったヴィンセントの舌《した》がつんと硬《かた》くなった先端に辿り着く。

「っ、あっ！」

あまりの衝撃に背中を反らして逃げようとするが、抱き込まれてしまった。

（ヴィンセントが、私の、胸を……!?）

与えられる刺激もさることながら、状況が飲み込めずに頭の中はめちゃくちゃだった。

強く吸われ転がされ舐められ、レティーシャは子どものように喘《あえ》ぐしかできない。

散々味わって満足したらしいヴィンセントが、わざとらしく音を立てながら顔を上げた時には息も絶え絶えだった。

「も、やだぁ」

「これからですよお嬢様」

のっそりとした動きで身体を起こしたヴィンセントが再びレティーシャの肌に口を寄せた。

全身を余すところなく舐められ、時々歯を立てられる。

大きな犬に食べられているような錯覚《さっかく》に襲われながら、レティーシャはか細く鳴いた。

（何なの、これ）

ぐずぐずに蕩《とろ》かされ、お腹の奥からこぼれた熱で身体が溶けそうだった。

乱暴にされるとは覚悟していたが、あきらかに予想とは異なる。

むしろ必死で求められていると錯覚《さっかく》しそうになる手つきだった。

「あっ、うそ……そんなとこ、だめっ」

とうとうヴィンセントの指が、レティーシャの秘められた奥を探りはじめた。

自分でもろくに触れたことのない場所をまさぐられ、頭の中が真っ白になる。

腰を引こうとするが、それよりも早くヴィンセントの長い指が蕩《とろ》けきった泥濘《でいねい》の中に入り込んできた。

「っん……！」

「狭い、ですね」

当たり前だと叫んでやりたいが、口を開いたらとんでもないことを口走りそうだったので必死に唇《くちびる》を引き結んで言葉を飲み込む。

ヴィンセントは少し不服そうではあったが、ことを進めるのが先だと判断したらしい。

レティーシャの顔をぺろりと舐《な》めながら、驚くほど丁寧《ていねい》に隘路《あいろ》を解きほぐしていく。

「んっ、ん……」

最初は恐怖で強《こわ》ばっていた身体《からだ》がだんだんほどけていくのがわかった。

それどころかとろりとこぼれたもので、しとどに濡《ぬ》れていき、いつの間にか増えた指の動きを助けていく。

最初は違和感しかなかったのに、指の関節がどこかをかすめる度に腰が浮き上がってしまう。

「や、も、もぅ、だめぇ」

「……まだこれからですよお嬢様」

「え……？　ひっ……！」

ようやく指が抜け出ていったことに安堵《あんど》しながら顔を上げれば、いつの間にかヴィンセントもガウンを脱ぎ捨てていた。

そしてその中心で存在を訴えているものに気がついたレティーシャははくはくと口を開閉させることしかできなくなる。

「む、無理よ」

「大丈夫です」

その自信はどこからくるのか問い詰めてやりたくなる。

絶対に入らない。壊れる。大きすぎる。死んじゃう。

そんなことを途切れ途切れに訴えれば、ヴィンセントが「煽《あお》らないでください」と恐ろしく凶悪な顔で訴えてきて、レティーシャは口を閉じることにした。

これ以上何か言ったらもっと酷《ひど》くなると本能で察知《さっち》したのだ。

「力を抜いていてください」

「っん……」

ベッドに仰向《あおむ》けになったレティーシャの膝《ひざ》を割り、ヴィンセントが身体《からだ》を捻《ね》じ込んでくる。

そして熱くて硬《かた》いものをゆっくりと泥濘《でいねい》に沈み込ませてきた。

想像よりは痛みはなかったが、ずっしりとした質量に身体を侵食され割られる苦しさに情けない声が出てしまう。

お互いの弱点を繋《つな》げ合うこの行為のことは知識としては知っていたが、こんなにも生々《なまなま》しく大変なことだと思わなかった。

自分の身体が他人とひとつになるのは不思議なほどに心地よく、同時に逃げ出したいほど恥ずかしい。

お互いに汗みずくになりながら長い時間をかけ、ようやく最後まで受け入れることができた時は妙な達成感まで味わってしまった。

「んっ……あっ……奥……」

お腹《なか》の一番奥を小突《こづ》かれ、レティーシャは思わずねだるような声を上げてしまう。

さっきまで違和感しかなかったのにそこに触れられた瞬間、全身にぐるりと熱がめぐったのがわかった。

「ぐっ、お嬢様……」

「ひゃっ！」

浅く引かれ、ずん、と奥を叩《たた》かれる。

最初は緩《ゆる》やかだった動きが、だんだんと激しさを増していく。

肌《はだ》と肌がぶつかる音と、荒々しいお互いの呼吸音が部屋に響いた。

声を上げたくなくて唇《くちびる》を引き結べば、ヴィンセントがレティーシャの身体を掻《か》き抱いて唇を重ねてきた。

無理矢理に舌《した》を捻じ込んできて口を開かせると、もう閉じることは許さないとでも言うように顎《あご》を緩く摑《つか》んでくる。

「声、もっと聞かせてください。俺を、呼んで……」

どこか切実さを孕《はら》んだ声に、レティーシャはぽろぽろと涙を流しながら首を振る。

「やぁ……む、むりぃ」

ただでさえいっぱいいっぱいなのだ。意味のある言葉など口にできるわけがない。

子どものようにいやいやと首を振れば、ヴィンセントがもどかしそうに眉根《まゆね》を寄せてレティーシャの身体をきつく掻き抱く。

高まる熱に溺《おぼ》れそうですがる先を探してシーツを掻きむしれば、ヴィンセントがその手をきつく握り自分の背中に誘った。

汗ばんだ背中に爪《つめ》を立てれば、ヴィンセントが嬉《うれ》しそうに吐息《といき》で笑ったのが伝わってくる。

自分以外に触れるなと言わんばかりの仕草《しぐさ》に、レティーシャはどうしてか泣きたくなった。

「ひっ！」

隙間《すきま》なく身体《からだ》を密着させたまま大きく揺さぶられ、レティーシャは全身を痙攣《けいれん》させた。

ふわりと身体が浮き上がるような不思議な感触に包まれると、間を置かずヴィンセントが短く呻《うめ》いた。

次の瞬間、レティーシャは身体の中に大量の魔力が注ぎ込まれたのを感じた。

常人《じようじん》ではおそらく受け止められないだろう濃度に、巫子《みこ》であるレティーシャも目眩《めまい》がする。

だがすぐに体内に蓄えた聖神力《せいしんりよく》が反応し、その魔力を浄化し吸収することができた。

体内を満たすヴィンセントの魔力は不思議と心地いい。

「はぁ……」

想像とはあまりにも違う行為の余韻《よいん》に、思わず熱っぽい溜息《ためいき》が出てしまった。

覆《おお》い被《かぶ》さったままだったヴィンセントが、何故《なぜ》かぎらぎらとした視線で見下ろしてくる。

繋《つな》がったままの場所が再び熱を持ち、ずっしりとした質感が蘇《よみがえ》ってくるのがわかった。

「え、ええと……？」

つつがなく初夜は終わったはずでは？　とレティーシャが嫌な予感を抱きながら首をすくめれば、ヴィンセントが獰猛《どうもう》な笑みを浮かべる。

「まだ夜は長いですからね」

「いや、あの……あっ！」

浅い場所を捏《こ》ねるように腰を使われ、身体が跳《は》ねる。

待ってと言う悲鳴ごと食べられ、レティーシャは「やっぱり酷《ひど》い」と悲鳴を上げることになったのだ。

＊＊＊

すっかり日が昇り晴れわたった空は、憎々《にくにく》しいほどに明るい。

ベッドに横たわったまま、レティーシャは窓の外を見つめぼんやりとしていた。

（後悔先に立たずとは先人もよく言ったものね）

「ついたたた……」

少し身じろぎするだけで全身がぎしぎしと悲鳴を上げる。

痛いだけならまだしも、下半身がどこか気怠《けだる》く痺《しび》れているのがいたたまれない。

昨晩、無事につがいとしての役目を達成したレティーシャはベッドの住人と化していた。

食事などはメイドたちが運んできてくれるし、今もレティーシャが退屈しないようにとメイドが傍《そば》に付いていてくれている。

それはありがたいが、どうにも納得いかない。

（あんなに何度もする必要があるの!?）

結局一度ならず二度三度と求められ、レティーシャが解放されたのは明け方だ。

ある意味では酷《ひど》い扱いをされたのだが、想像とは違いすぎて困惑《こんわく》の方が勝ってしまう。

気絶するように眠ってしまったレティーシャが目を覚ました時、ヴィンセントはすでに部屋にいなかった。

食事を運んできたメイドに聞いたところ、朝早くに仕事のために登城したらしい。

公爵という仕事はずいぶんと忙しいようだ。

「旦那《だんな》様は頭脳明晰《めいせき》で武芸にも優《すぐ》れ、魔力量も国内随一《ずいいち》ということもあって、王太子殿下の側近《そっきん》をお勤めなんです。それもあって毎日とてもお忙しくされています」

そういえばそんな話をパウロから聞かされていたことを思い出す。

再会してからあまりにもいろいろなことがありすぎてすっかり忘れていた。

（そういえば使用人たちはヴィンセントのことをどう思っているのかしら？）

昨日からの様子を見るに、ずいぶんと慕われているような気がする。

「その、ヴィンセント様ってどんな方なのかしら？」

「え？」

「いえ、あの……私、ずっと神殿にいたのでヴィンセント様が周囲からどのように見られているか知らなくて。社交界や、その、使用人の皆から見て、どうとか」

しどろもどろになりながら問いかければ、メイドは「ああ」と声を上げて納得してくれた。

「とても厳格で、不当なことは決してなさらない御方ですね」

「厳格」

「はい。以前、こちらを訪ねてきた貴族のご令息が、若いメイドにちょっかいをかけたことがありまして。それを知った旦那様はそのご令息を叩《たた》きのめして屋敷から追い出したのです」

「へぇ……」

「我が家の使用人だった馬丁《ばてい》が、貴族の屋敷で働いていることを笠《かさ》に着て市場《いちば》で横暴な振る舞いをしたと知った時は、その者に被害を受けた方々に謝罪をさせて慰謝料を支払わせたうえ、問答無用で追い出してました。怠《なま》け者のうえに乱暴者だったので、とても清々《せいせい》しましたけどね」

ずいぶんと暴力的な話が出てきたとレティーシャは目を細める。

パウロから聞かされた『狂犬』という二《ふた》つ名《な》はそのあたりからきたのかもしれないとぼんやり考えた。

とはいえ、聞く限り横暴さのようなものは感じないので、やられた側のやっかみもあっての噂《うわさ》であるような気がしてくる。

「怖いと感じている者もいるようですが、間違ったことはなさらない誠実な主《あるじ》だと私は思っております」

どこか誇らしげなメイドの口調に、レティーシャは少しだけそわそわしてしまう。

慕われているヴィンセントが誇らしく、同時にかつての自分との格差に落ち込む気持ちが湧《わ》き上がってきて落ち着かない。

「社交界でも厳しい方だと有名ですよ。若い貴族や伯爵家以下の家門などは、旦那《だんな》様が先頭に立ってまとめていらっしゃいます。なにせ王太子殿下は、改革派の筆頭ですし」

「改革派……」

レティーシャは社交界デビューをする前に家が没落《ぼつらく》してしまったので、国内の勢力図のようなものはきちんと把握《はあく》していなかった。

(もっと早く自分の立場を自覚していればお父様たちからお話を聞けたのに)

過去の自分の愚《おろ》かさを思い知らされる場面にまた遭遇《そうぐう》するとは思わなかった。

かろうじて覚えているのは、この国には国を変えようとする改革派と、古くからのしきたりを維持《いじ》したい守旧《しゅきゅう》派と呼ばれる二つ派閥《はばつ》があること。そして彼らがそれぞれに担《かつ》ぐ二人の王子がいたということだけだ。

王子は母親が違い、兄王子は改革派の筆頭である家門の出身である正妃《せいひ》の子で、弟王子は守旧派をとりまとめる名門出身の側妃《そくひ》の子。

二人は年齢が近いこともあり、レティーシャが物心ついた時には両陣営は自分たちが支持する王子を王太子に就《つ》けるために火花を散らしていたはずだ。

「王太子殿下って、第一王子、よね」

「ええ、そうですよ」

（やはり正妃様が産んだ王子が王太子になったのね）

そういえばレティーシャの家は改革派だったように思う。

冗談交じりに「レティーシャは美しいから、第一王子殿の婚約者にもなれるかもしれない」などと父が口にしていた記憶が蘇《よみがえ》る。

次期国王である王太子の側近《そっきん》をしているということは、ヴィンセントは優秀なのだろう。

確かに、昨夜受け取った魔力の量も膨大《ぼうだい》だった。

少し意識を集中させれば、今でも体内にヴィンセントの魔力だったものがかけ巡《めぐ》っているのがわかる。

これをずっと体内に溜《た》めていたかと思うとぞっとする。

昨晩、あれほどまでに執拗《しつよう》だったのは魔力の暴走を抑えるためだったと考えれば納得だ。

むしろあれで終わったのが奇跡かもしれない。

（再会した時は普通にしてたけど、本当はずっと苦しかったのかも）

魔力過多になると人によっては体調を崩《くず》したり、魔力が暴走したりと大変危険な状態に陥《おちい》るという。

だからこそ魔力の強い貴族は必ずつがいを必要とするのだ。

（ヴィンセントは私よりも五つ年上だったはずだから、もう二十三歳、とかよね）

本来、貴族がつがいを必要とするのは魔力量が増えはじめる十八歳頃からだというのに、どうして早くつがいを探さなかったのだろうか。

（最近になって魔力量が増えたとか？）

うーんと考え込んでいると、傍《そば》にいたメイドが思わせぶりな目でレティーシャを見ているのに気がつく。

「旦那《だんな》様ならすぐ帰ってきますよ」

どうやらヴィンセントがいないことを寂しがっていると思われたらしい。

いやいや、むしろヴィンセントがいない状況の方が安堵《あんど》できますよ……とは口が裂けても言えないので、にっこりと笑って誤魔化《ごまか》した。

「そうなのね」

「今日も本当はお休みだったのに急なお呼び出しで……とっても奥様を案じていらっしゃいましたよ」

「は、はは」

思わず乾いた笑いが出てしまう。

その笑顔すら好意的に解釈されたらしく、メイドが目をキラキラさせてレティーシャを見つめていた。

「でもドラマチックですよね」

「え？」

「奥様は旦那様が公爵家から追い出されていた時の恩人なのですよね？」

「はい？」

「旦那様はずっと奥様を捜していました。まさかつがいとして再会するなんて。もう運命としか言いようがありません！」

なんだそれは。

思わず全力でツッコミかけるが、レティーシャはぐっとこらえた。

メイドは物語に酔っているらしく語り続けている。

だがそのおかげでレティーシャはようやくこのガーデン公爵家について知ることができた。

ガーデン公爵家は何代か前の王弟殿下が臣籍《しんせき》にくだったことで設立された、国内唯一《ゆいいつ》の公爵家であること。

歴代当主は皆が膨大《ぼうだい》な魔力持ちで、ヴィンセントの祖父にあたる先々代当主は宰相《さいしょう》にまで上り詰めた人物であること。

ヴィンセントの母親は彼が語ったとおり、産後の肥立《ひだ》ちが悪く亡くなっており、先代公爵はすぐに後添《のちぞ》えの女性を妻に迎えた。

ある年、家族で街の祭りに出かけた際、ヴィンセントだけが迷子になりそのまま行方《ゆくえ》知れずになった。

捜索したが行方知れずのまま年月が過ぎ、てっきり彼はもう死んだと思われていたという。

だが、ヴィンセントは戻ってきた。

帰ってきた彼は周囲が驚くほどの努力をし、結果を出した。

そして病気の父親に代わり、ほんの半年ほど前に公爵家を継いだ、というのがヴィンセントの経歴らしい。

メイドの態度から察するに、レティーシャはヴィンセントが行方《ゆくえ》知れずになっていた間にお世話をしていた恩人という立ち位置にいるらしい。

（お世話してたんじゃなくて、お世話させてたんだけどね）

まさか公爵家の嫡男《ちゃくなん》を犬扱いしていたとは言い出せず、レティーシャは遠い目をする。

（まあそうよね。王太子の側近《そっきん》が、ただの子爵家令嬢の使用人だったなんて過去、汚点以外のなにものでもないわ）

もし過去のことがあきらかになれば、ヴィンセントの地位に影響しかねない。

これ以上、恨みを買うわけにはいかないとレティーシャは口を噤《つぐ》むことを決めた。

「あの……先代当主……お義父《とう》様やお義母《かあ》様はここにはいらっしゃらないの？」

すごく今更《いまさら》なことに気がつき、レティーシャは慌《あわ》てて質問する。

書類上は妻となり屋敷で暮らすのならば挨拶《あいさつ》をしないわけにはいかないだろう。

「お二人は領地内でお隠れになっていらっしゃいます。こちらへは滅多《めった》に帰ってこないので安心してください」

「そう、なのね」

「代替わりした時に使用人たちの殆《ほとん》どが先代様と一緒に別邸に移ったので、この屋敷にいるのは昨日お出迎えした者たちだけなんです。私も半年前に雇《やと》われたばかりなんですよ」

少ないと素直に驚く。

この規模の屋敷、そのうえ公爵家ともなれば数十人の使用人がいてもおかしくないのに。

(何か理由があるのかしら)

『母の死後、俺は居場所を失った。俺は生きるために家を飛び出し、シェル子爵家に転がり込んだのです』

あの日、ヴィンセントはそう語っていた。

「ですから私たちは奥様が嫁《とつ》いでいらっしゃると聞いてとても嬉《うれ》しかったんですよ！　旦那様《だんなさま》のためにも、私たち張り切ってお仕《つか》えしますね！」

メイドの話を聞く限り、ヴィンセントは誘拐《ゆうかい》されたか、迷子になって失踪《しっそう》していたと思われているらしい。

両親に会えば何かわかるかと思ったが、会えないのならばしかたがない。

(とにかく、私がすべきことはヴィンセントを刺激しないこと、よね)

昨晩の様子からして、ヴィンセントはまだレティーシャを傷つけるつもりはないらしい。

魔力の量から察するに、しばらくはレティーシャをつがいとして使うつもりなのだろう。

魔力が安定した暁《あかつき》には、きっと手酷《てひど》く捨てられて復讐《ふくしゅう》をされるに決まっている。

（そうならないようにヴィンセントに取り入って、少しでも好感を持ってもらうしかないわ）

役目を終えたあと、そこまで酷いことにはならないはずだ、と信じるしかない。

幸いにも昨晩の態度を見る限り、ヴィンセントの本質はあの頃とあまり変わっていないように思う。

（昔から優しかったものね）

使用人だった頃、ヴィンセントはレティーシャの命令には基本従順ではあったが、他人を傷つけかねないことには頑《がん》として従わなかった。

またレティーシャが転んだりして怪我《けが》をすると、自分の方が痛いとでも言いたげに顔を歪《ゆが》めて涙をこらえていたように思う。

きっと、レティーシャを憎んではいても、殴る蹴《け》るなどの暴力的なことはしない可能性が高いに違いない。

（と言っても私にできることは限られているんだけどね）

つがいとして抱かれること。

それが今のレティーシャにできる唯一《ゆいいつ》のこと。

「……何か仕事があればいいんだけど」

抱かれるのを待つだけというのはあまりにも不健全すぎて嫌になる。神殿の時のように身体《からだ》を動かせれば変なことも考えずに済むのに。

そんな思いが思わず口からまろび出てしまった。

「お仕事ですか？」

メイドがきょとんとした顔で問いかけてきた。

（しまった）

レティーシャは額《ひたい》に冷や汗を浮かべた。

仕事が欲しいなど、つがいになった巫子《みこ》が言う言葉ではない。

「ええっと、仕事っていうか、何かできることがあるといいなぁって」

我ながら苦しい言い訳だと思いながらも、レティーシャはしどろもどろに答えた。

「わかりました」

「えっ」

何故《なぜ》かメイドは心得たとばかりに頷《うなず》くと、何やら部屋の隅《すみ》にあるチェストの引き出しから紙束を抱えて持ってきた。

「これは？」

「奥様が元気になられたらお任せするようにと、旦那《だんな》様が用意されていたものです」

「ヴィンセント様が？」

何だろうと一番上の書類を見れば、そこには「公爵夫人財産目録」と書かれてあった。

「財産目録？」

思わず声に出して読み上げれば、メイドがにこにこと頷《うなず》く。

「奥様が自由に使えるお金と、所有することになる土地建物の一覧《いちらん》です。つまり、奥様個人の財産になります」

「私に財産があるの？」

そんな馬鹿《ばか》なとレティーシャは叫びかける。

震える手で目録の表紙をめくれば、メイドの言葉通り、レティーシャ名義の貯金がどれほどあるかや、所有する土地建物の場所がずらりと並んでいた。

（何よこの大金。公爵家ってこんなにお金持ちなの？）

貴族令嬢だった頃に使っていいと渡されていたお小遣《こづか》いとは桁《けた》が違う。

平民ならば人生を三回ほど遊んで過ごせる額ではないだろうか。

（この住所って……私が昔住んでいた家の近くじゃない？　こっちは城に続く大通りに面した別邸だし、こっちは高位貴族しか住めない別荘地）

見ているだけでくらくらしてくる一覧だった。

いくら公爵家の夫人だからといって、あまりにも贅沢《ぜいたく》が過ぎやしないだろうか。

（これを私に渡してどうする気なのよ）

確かに今のレティーシャはヴィンセントの妻ではある。だがつがいだ。いずれは離縁する身なのに、どうして公爵夫人として財産を与えるのか。

「本当にこれを、私に？」

「そうですよ。旦那《だんな》様は奥様をお迎えすると決まった時からずっと準備していらっしゃったんですから」

ますます意味がわからない。

ヴィンセントが自分をつがいにしたのは虐《しいた》げるためのはずなのに、お金まで渡して何をする気なのか。

「こちらの管理が奥様のお役目になるかと思います。何か欲しいものがあれば商人を呼び寄せますし、所有されている別邸はご自由に使ってよいとのことです」

なんだその好待遇は、とレティーシャは冷や汗を浮かべながら目録を見つめる。

(もしかして昔みたいに散財すると思ってるのかしら？　私の本性を探るつもりなのね)

なんとなく考えが読めてきた。

ヴィンセントは、理由もなくレティーシャを虐げることができないのだろう。

だからこそ、レティーシャを追及できる理由を作ろうとしているのだ。

「屋敷の采配《さいはい》は、後ほど執事《しつじ》から説明があると思いますわ」

(なるほど。無駄遣いを責めたあとは私の無能さをあざ笑う作戦ね)

貴族の屋敷を取り仕切る夫人という役割は簡単なものではない。

使用人たちへの采配《さいはい》や、財産の管理、季節の模様替えや親戚《しんせき》筋との交流など多岐《たき》にわたる。

たとえ貴族の家に生まれ育った人間でも、そう簡単にこなせるものではない。

「わかりました。目録に目を通したいから、少し一人にしていただける？」

「承知しました」

よくしつけられているのだろう。メイドは素直に頭を下げると部屋を出ていった。

一人ベッドに残されたレティーシャは、目録をめくりいったい自分にどこまでの裁量が任されているのかを確かめていく。

「ヴィンセントは本気だわ」

レティーシャが自由に使えるお金は、普通の庶民《しょみん》ならば数年は遊んで暮らせるものだった。

所有している家や土地は王都の内外にあり、今は人に貸していたり、空《あ》き家《や》になっていたりとさまざまだ。

きっと昔のレティーシャならば、このお金を遊びで使い果たし、気に入った屋敷を別邸にして好き勝手したことだろう。

だが今のレティーシャは昔のレティーシャとは違うのだ。

（これはいい機会だわ。ヴィンセントに私が変わったってことをわかってもらえるかも）

かつての傍若無人《ぼうじゃくぶじん》なお嬢様ではないのだと証明したいと意気込みながら、レティーシャはぐっと拳《こぶし》を握りしめたのだった。

夕方。

ヴィンセントが帰宅した知らせを受けたレティーシャは、震える足に活《かつ》を入れてドレスに着替えると玄関ホールへと向かった。

ガーデン家のメイドたちはとても優秀らしく、昨日のうちにレティーシャに合うドレスをいくつか見繕《みつくろ》ってくれていたらしい。

着ているのはレティーシャの髪色に合わせたのかシャンパンゴールド色をした優しい雰囲気《ふんいき》のドレスだ。髪は結《ゆ》い上げずに降ろしており、布で作られた薔薇《ばら》の飾りをつけている。

「おかえりなさいヴィンセント様」

なるべく上品に見えるような口調と仕草《しぐさ》で出迎えの挨拶《あいさつ》をすれば、ヴィンセントは目を丸くして固まってしまった。

（ええと？）

もしかして出迎えに来るとは思っていなかったのだろうか。

数秒後、ヴィンセントはようやく我に返ったらしく、わざとらしく咳払《せきばら》いをした。

「部屋で休んでいてよかったのですよ」

「ずっと寝ているわけにはいきませんから」

「身体《からだ》は大丈夫ですか？」

「だ、大丈夫です！」

人前でなんということを聞くのだろうか。

ふと視線を動かせば周りの使用人たちの表情がなんとも生暖《なま》かい。

「そうですか。ならばよかった。夕食は？」

「まだです。お帰りになると聞いていたので、お待ちしていました」

暗に一緒に食べようとねだれば、ヴィンセントの目が少しだけ細まる。

「俺と一緒に食べる気ですか？」

ほんのりと険《けん》の混じった口調に、決意が揺らぎかける。

（こわいよぉ）

情熱的にレティーシャを求めたとは思えないほどの冷徹ぶりだ。

やはり昨晩のあれは、魔力を解消したいからこその態度だったのだろう。

「駄目ですか」

本音を言えば引き下がりたかったが、ここでくじけては元も子もない。

すがるようにレティーシャは一歩前に出る。

「……お望みならば」

頷《うなず》いてはくれたがヴィンセントの表情は硬《かた》い。

（よかった。話をする機会はくれるのね）

ほっと胸を撫《な》で下ろしながら、レティーシャはヴィンセントと共に食堂に向かったのだった。

昨日も思ったが、立派《りっぱ》な食堂だと思う。

レティーシャとヴィンセントだけで使うのが勿体《もったい》ないくらいだ。

並べられる食事は相変わらず美味《おい》しそうなものばかりで目移りしてしまう。

食事を一緒にしたいと言った手前、先に話を切り出すのは不自然だろうしと、レティーシャはせっせと食事に立ち向かった。

決して食欲に負けたからではない。

「美味しいですね！」

「そうですね」

ヴィンセントは静かに食事をしており、表情からはあまり感情が読み取れない。

その所作《しょさ》は生まれた時からの貴族のように洗練されており、うっかり見蕩《みと》れてしまいそうになる。

粗相《そそう》をしないようにしなければと緊張しながら食事を終え、デザートが運ばれてきたところでレティーシャは意を決して口を開いた。

「あの、ヴィンセント様」

「……なんでしょうか」

「実は少々ご相談というか、お願いごとがありまして……」

最後の方はかなり声が掠《かす》れてしまった。

「お願い、ですか」

「はい」

ヴィンセントは思い切り眉《まゆ》を寄せ、レティーシャを見ている。

威圧《いあつ》されているような気分になり言葉が喉《のど》に詰まりかけるが、今引くわけにはいかない。

「私に与えられた財産のことなのですが」

そう口にした瞬間、ヴィンセントの表情が少しだけ変わった。

「ああ、そのことですか」

拍子《ひょうし》抜《ぬ》けしたと言わんばかりの顔をされ、レティーシャの方が毒気を抜かれてしまう。

何か別のことをレティーシャが言い出すとでも思っていたのだろうか。

「流石《さすが》にあれはいただきすぎです」

素直な気持ちを告げれば、ヴィンセントが少しだけ目を細めてこちらを見つめた。

何かを探るような視線に居心地《いごこち》が悪くなる。

「気にしないで使ってください。あれはあなたが受け取るべきものですから」

「私はつがいなんですよ？」

「つがいだろうが何だろうが、今のあなたは正式なガーデン公爵夫人です。それなりの振る舞いをしていただかなければ困る」

(困るのは私の方なんだけど)

ヴィンセントはレティーシャに散財をさせたいのだろうが、今のレティーシャは欲しいものは殆《ほとん》どない。

子どもの頃に無駄遣《づか》いの限りを尽くした反動か、神殿での日々の影響か、生きていくのに必要なものさえあればそれでいいと思っている。

少なくともここにいる間は衣食住は事足りるだろうし、むしろ何を買えというのか。

(どうせつがいを解消する時には取り上げられるんだろうし)

いろいろと言いたいことはあるが、ぐっとこらえる。

議論したいのはそこではないのだから。

「では私がどんな使い方をしてもよいのですね?」

「屋敷の外に出ることは禁じます。必要なものは使用人たちに申しつけてください」

「承知しました」

ここは素直に頷《うなず》いておく。

言質《げんち》は取ったのだから、あとから追及されてもなんとかなるだろう。

「それと、家政についてもお任せいただけると聞いたのですが」

「あなたは公爵夫人なのですから当然でしょう？　まさかできないとでも？」

挑発するような口調に少しだけカチンとくる。

多少の知識はあるが、巫子《みこ》として生きてきた時間の長さを考えれば、すぐに貴族の奥様として振る舞えるわけがないだろうに。

とはいえ、そんなことを言い返せるわけもなく。

「できるできない以前に、私の出る幕がなさそうなので、どうすればよいかと思いまして」

日中、動けるようになったレティーシャは使用人をとりまとめている執事《しつじ》に今のガーテン家の内政状態を確認したのだ。

「使用人は少ないですが、今のところ人手は足りているようですし、社交シーズンは終わっておりますから私が今すぐしないといけないことはないみたいで……」

つがいとの結婚は正式なものではあるが、公式なものとは呼べない。

そのため結婚式やお披露目《ひろめ》のパーティなどは行わないのが通例だ。

親戚《しんせき》や親しい人たちに挨拶《あいさつ》する必要ないため、手紙を送る必要もない。

「領地の運営は先代様が執《と》り行っていると聞きましたし、私はいったい何をすればと思って」

つまりレティーシャがすることはないのだ。

ガーデン家の使用人たちは執事がうまくとりまとめてくれているし、不満も特にないようだ。強《し》いて言うならば、ヴィンセントが忙しくあまり屋敷にいないのでやることが少ないということくらいだろう。

「そこを含めあなたにお任せします。人を増やすなり、減らすなり、領地の運営に口を出すなり好きになさってください」

さらりとした口調で言い切られ、レティーシャは黙るしかなくなる。

まるで取り付く島もない。

やはり試されているのだろうか。

「社交だけは不要です。親しくしている相手もいませんし、俺が当主になってからは親戚筋との交流は途絶えています。屋敷外の人間に姿を見せないように」

「それは構いませんが……」

むしろ社交をしなくていいというのはレティーシャにとってもありがたい話だった。

社交会デビューはしていないものの両親の知人や、縁の切れた親戚などはまだ健在だろうし顔を見られればいろいろと追及されかねない。

「俺としてもあなたの存在を知られるのは我慢《がまん》なりませんから」

（ああ、そういうこと）

レティーシャの正体が知られれば、ヴィンセントの過去についても公《おおやけ》になってしまう可能性があるだろう。

何より、あの我儘三昧《わがままざんまい》をしていたシェル家の令嬢をつがいにしたなど、ヴィンセントにしてみれば醜聞《しゅうぶん》に他ならない。

落ちぶれた元子爵令嬢をわざわざつがいに選ぶなど、公爵という立場には悪影響しかないだろう。

「わかりました。では社交はナシですね」

「ええ」

「それ以外は、お言葉に甘えて好きにさせていただきます」

ヴィンセントは静かに頷《うなず》くと食後のお茶を飲み干し、立ち上がる。

「話は以上ですか？」

「え、ええ」

「それでは部屋で待っていてください」

「へっ!?」

どうしてと目を見開けば、ヴィンセントがにやりと口元を歪《ゆが》めた。

「次は俺のつがいだということです。あなたの本当の役目をお忘れですか？」

どこか艶《つや》を含んだ声に、ヴィンセントが何を求めているかを察し背中を冷たいものが伝う。

「え、えと……」

「お嬢様」

有無《うむ》を言わさない強さのある呼びかけにレティーシャはびくりと身体《からだ》を震わせる。

ヴィンセントはそれに気がついたらしく、つかつかと近寄ってきてレティーシャの髪をひとすくい持ち上げた。

そしてその毛先にゆっくりと口づける。

「何をしてもいいとは言いましたが、自分の立場をゆめゆめお忘れなきよう」

「は、い……」

ぶるぶると震えながら、レティーシャはがくがくと頷いたのだった。


食事のあと、昨夜同様に使用人たちに磨《みが》き上げられたレティーシャは白い生成《きな》りの寝間着《ねまき》を着せられて寝室に送り込まれた。

今日は先にヴィンセントが待っている形だったため、大変いたたまれない。

部屋に備え付けられている長椅子《いす》で何かの書類を読んでいたヴィンセントは、寝間着姿のレティーシャをじろじろと見つめ、何か言いたげに顔をしかめた。

「今日は昨日とは違うのですね」

「あの服は、お気に召さなかったようなので……」

「……別に、気に入らなかったわけでは」

「え？」

よく聞き取れず聞き返せば、ヴィンセントは顔を背《そむ》けてしまった。

（今日もするのかなぁ）

落ち着かない気持ちで、レティーシャはきちんと整えられたベッドをチラチラと盗み見る。

それが役目と言われればそれまでだが、殆《ほとん》ど勢いだけで過ごした昨夜とは違い、これから自分がどう扱われるかを明確にわかっているからか緊張もひとしおだ。

どうすればいいのか迷っていると、ヴィンセントが小さく溜息《ためいき》を吐いた。

「立っていないでこちらに来たらどうですか」

「は、はい」

呼ばれて素直に近寄る。

椅子《いす》に座ったヴィンセントの前まで来て立ち尽くしていると、ヴィンセントが舌打《したう》ちをした。

（ひっ）

「立ってないで座ってください」

「はい！」

慌《あわ》ててぴょんと床に膝《ひざ》を突く。

するとヴィンセントがぎょっと目を剝《む》いた。

「何をしているんですか！」

「えっ、でも、座れって」

「床に座る必要がありますか？　隣が空《あ》いているでしょう！」

声を荒らげたヴィンセントが、レティーシャの腕を掴《つか》んで自分の横に強引に座らせた。

「何を考えているんですかお嬢様。床に座るなんて」

「だって私はつがいだし、巫子《みこ》だから……」

「……巫子だからなんだと？　まさか神殿では床に座るのは当然だったのですか」

「う、うーん」

外れ巫子として周囲から冷遇されていたレティーシャは、先輩巫子や彼女たちを優遇する神官たちから些細《ささい》なことでよく絡《から》まれていた。

そんな時はよく「座りなさい」と言われて石床《いしゆか》に膝を突かされていたので、少し癖《くせ》になっていたのは否《いな》めない。

「誰ですか、お嬢様に膝を突かせていたのは」

「ええと、誰だったかなぁ」

答えてはいけない。本能的にそう感じ、レティーシャは言葉を濁《にご》す。

（というか、本当に覚えていないのよね）

最初は膝を突かされることに反感を抱いていたレティーシャも、だんだんと慣れてそれで終わるならと受け流すようになったからだ。

大抵《たいてい》の巫子《みこ》たちは一度やれば気が済むのか、それとも思ったよりも楽しいことではなかったからか、次もまたというようなことは殆《ほとん》どなかった。

だからレティーシャもわざわざ覚えておこうとは思わなかった。

(ああ、でもノエルは違ったわよね)

思い出すのは、顔を合わせる度にレティーシャに絡《から》んできたノエルのことだ。

どうしてそこまで嫌われているのかさっぱりわからなかったが、レティーシャは関《かか》わるのも面倒《めんどう》で受け流していた。

「誰か思い出しましたか?」

うっかり考え込んでいると、ヴィンセントが顔を覗《のぞ》き込んできた。

息がかかるほどの距離にある美貌《びぼう》にレティーシャは短い悲鳴を上げる。

「い、いえ!　神殿にいた頃を思い出していただけです!」

慌《あわ》てて背中を反らし、ぶんぶんと首を振る。

「……ならいいのですが。もし名前を思い出したらすぐに教えてください」

「一応確認しておきますが、お教えしたらどうなるのでしょうか?」

おそるおそる問いかければ、ヴィンセントが冷たい笑みを浮かべた。

「俺の許可なくお嬢様の膝《ひざ》を突かせた罪を償《つぐな》わせるまでです」

怖い。

どうやらヴィンセントは自分以外がレティーシャを虐《しいた》げるのが気に食わないらしい。

他人の手を使って復讐《ふくしゅう》するのは我慢《がまん》ならないタイプなのだろうか。

絶対に余計なことは言えないなと思いながら、レティーシャはそっと詰めていた息を吐いた。

「……ええとヴィンセント様、その、何か私に話があるのですよ、ね？」

話題を逸《そ》らそうとレティーシャが口を開くと、ヴィンセントがようやく表情を改めた。

だが近くなった距離は変わらず、少し動けば身体《からだ》が触れあいそうだった。

「ええ、そうですね。あなたの役目についてしっかり話をしておこうと思いまして」

「役目、ですか？」

はて、とレティーシャは首を傾《かし》げた。

レティーシャの役目はすでに話は付いていると思ったのだが、まだ何かあるのだろうか。

「昨日はことを急いだため、ちゃんと説明できませんでしたが……お嬢様はつがいの役目についてどこまでご存じですか」

改まって質問され、レティーシャはますます困惑《こんわく》する。

そんなことを聞いてどうするのかと思いながらも素直に答えた。

「つがいとなった相手の魔力を受け取り浄化するため……抱かれるのが、つがい、ですよね」

自分で抱かれると口にするのは少々気恥ずかしかったが、今更《いまさら》だ。

「ええ。神殿は巫子《みこ》たちにそう教育していると聞きました。ですが、正式につがいになった巫子にだけ教えられるもうひとつの役目があるのです」

「もうひとつの役目、ですか？」

そんな話は神殿でも一度も聞いたことがない。

いったい何だろうと身構えていると、ヴィンセントがゆっくりと口を開く。

「つがいとなった巫子は相手の魔力を受け止め、己《おのれ》の聖神力《せいしんりょく》で浄化するんですよね」

「そうですね」

巫子は神殿で祈ることで聖属性の魔力である聖神力を高め、つがいとなった時に備える。つがいとなった貴族の魔力をしっかりと体内で浄化し、自分の身体《からだ》に循環《じゅんかん》させせなければならないからだ。

「疑問に思ったことはありませんか？　何故《なぜ》、受け止めた魔力をわざわざ自分の身体に巡《めぐ》らせるのか、と」

「えっ？」

「無効化してしまえばいいのに、巫子はつがいの魔力を吸収する。その理由を考えたことは」

その問いかけにレティーシャははっとする。

確かに考えたことはなかった。

巫子の力をもってすれば、相手の魔力を完全に無効化してしまえるはずだ。

「どうして……もしかして、もうひとつの役目に関係してるの？」

「ええ。流石《さすが》はお嬢様ですね」

ヴィンセントは満足そうに頷《うなず》く。

「つがいとなった巫子の役目。それは、子を産むことです」

しんと部屋の中が静まりかえった気がした。

告げられた言葉の意味を理解するまで数秒を要する。

「……子を、産む、ですか」

「そうです」

「子って……子ども、ですよね。えっ、子どもを産むってことは、つまり私がヴィンセント様の子を私が産むってことなんですか？」

驚きのあまりわけのわからないことを言ってしまう。

ヴィンセントはそんなレティーシャの発言を追及することなく、静かに頷いた。

「つがい制度の一番の目的は、巫子に高位の貴族の子どもを産ませることにあるのです」

「ま、待って。そんなの知らないわ」

「当然でしょう。高位貴族と神殿の大司祭やその側近《そっきん》しか知らない事実ですから」

頭が追いつかず、レティーシャは何度も瞬《まばた》く。

どうしてそんな重大なことを隠しているのか。

「高位貴族は膨大《ぼうだい》な魔力を持っているため、そもそも子ができにくいのです。ですが、巫子《みこ》ならばその魔力を受け止めるだけではなく、自分の身体《からだ》に循環《じゅんかん》させ、相手の子を成しやすい身体になることができるのです」

確かに魔力の相性が悪いと子どもができにくい。

それを解消するために、相手の魔力を浄化し吸収するのは理に適《かな》っている。

事実、今のレティーシャの体内にはヴィンセントの魔力が満ち満ちている。

繰り返していけば、いずれはレティーシャの身体はヴィンセントの魔力にすっかり馴染《なじ》むだろう。

「貴族は膨大な魔力を、巫子に注ぎ続けることで制御を覚えます。子どもができれば、子どもに魔力の一部が移るので魔力も安定して人並みになるのです」

「理屈はわかったわ。でも、なんで隠してるの？」

「このことが表沙汰《おもてざた》になれば、巫子の血統……つまりは巫子の出身が大きな問題になってきます。もし巫子の生家が欲を出し、貴族との間に生まれた子どもに干渉《かんしょう》しようとすればどうなりますか？　お嬢様ならわかるでしょう」

「ややこしいことになるわね」

金銭を要求したり、利権を求めてくるに違いない。

「それを防ぐためにも、つがいが子を産むことは秘匿《ひとく》されています」

「な、なるほど」

「貴族の魔力は子どもに引き継がれることが多い。巫子が無事に跡取りを産めば、父親である貴族の魔力は安定します。これが、本当のつがい制度です」

まさかそんな秘密が隠されていたとは露《つゆ》とも知らなかった。

驚きで固まっているレティーシャにヴィンセントは更《さら》に言葉を重ねる。

「また、この制度にはもうひとつの意味があります」

「他にもあるの!?」

情報が多すぎていっぱいいっぱいなのに、これ以上は許してほしい。

だがここまできたら聞かないわけにはいかないだろう。

「過去、貴族は政略結婚を重ねて派閥《はばつ》を作り国を乱すことが多かった。他国ではそれが原因でクーデターが起きている例もあります」

権力を持った貴族が徒党を組み、王家に仇《あだ》なすのはよく聞く話だ。

「初代の国王はその歴史を憂《うれ》いていたといいます。だから、各家の跡取りには、つがいが産んだ子がなるという暗黙の決まりがあるのです」

それは政略結婚の無効化だ。結婚をして家同士の繋《つな》がりは深くできても、跡取りに血縁関係がなければいずれは縁は切れる。

なんという恐ろしい制度だろうとレティーシャは息を呑《の》んだ。

王家にしてみれば貴族が結託《けったく》し力を持つことを防げ、貴族にしてみれば跡継ぎ問題に悩まなくてもいいという合理的な制度だ。

子どもを産んだ巫子《みこ》が用済みとして離縁されるのも、秘密が外に漏《も》れるのを防ぐという意味では合理的なのかもしれない。

「だからあなたには俺の子を産んでもらわなければならないのです」

（なるほどね）

事情も理由もわかった。

だがまだ理解はできていないし疑問もあった。

「子どもは授かりものよ。相性によってはつがいになったとて必ず子どもができるわけじゃないわ。もし子どもができなかったらどうするの？」

「その時はつがいを解消することができます。貴族は神殿で再びつがいを得るのです。巫子の処遇は夫であった貴族に一任されます」

「そう……ヴィンセントはそれでいいの？　私が、あなたの子を産んで……」

こんなにも憎んでいる女との間に生まれた子どもを、ヴィンセントは育てられるのだろうか。

「……俺は、もし子どもを持つのならばあなたに産んでほしいとずっと思ってましたよ」

「えっ？」

「そうすれば、あなたは一生俺を忘れないでしょう？」

（ひっ）

悲鳴を上げずに済んだのは奇跡かもしれない。

じっとりとこちらを見るヴィンセントの瞳《ひとみ》には仄暗《ほのぐら》い何かが宿っている。

レティーシャの心に一生ヴィンセントという男を刻みつけるのに、子どもを産ませるという手段は最適だと思う。

まだなんの実感も湧《わ》かないが、きっとお腹《なか》を痛めて産んだ子どもは愛《いと》しいに違いない。

つがいが解消され、その子を取り上げられたらレティーシャはきっと悲しむし苦しむだろう。

（これがヴィンセントの復讐《ふくしゅう》ってこと……？）

計画の残酷さに、感動すらしてしまいたくなる。

自分がつがいに選ばれた本当の理由がわかったことで、ずいぶんと気持ちも楽になっていた。

大事にされているのも、子どもをちゃんと産んでもらうためなのだろう。

（でも驚いたわ。つがいにそんな真実が隠されていたなんて）

ヴィンセントが語るように、高位の貴族のみが知る秘密なのだろう。

少なくともレティーシャの両親は普通の夫婦だったと思う。母は火属性の魔法を使えていたので巫子《みこ》ではないのは間違いない。

（とんでもない事実を知ってしまった）

あらゆる意味で子どもを産んだあとの処遇が不安になってくる。

ぐるぐると考え事をしていると、レティーシャはふとあることに思い至《いた》る。

それは目の前のヴィンセントのことだ。

「ねぇ……それじゃあヴィンセントのお母様って」

「ええ。母は巫子でした」

驚きすぎてぽかんと口を開けたまま固まることしかできない。

愕然《がくぜん》とするというのはこういうことを指すのだろう。

「母は父のつがいとなり、この公爵家に入りました。巫子としての力は強かったのですが、俺を産んだあとすぐに身体《からだ》を壊して命を落としたのです」

「そう、だったのね……」

「父は母の死後、新たに妻を娶《めと》りました。父の魔力が安定したことや、義母はわずかながらも父と同じ属性の魔力持ちだったことから、弟を授かったんです」

不意に玄関に飾られていた絵のひとつを思い出す。

黒髪の男性と少年、そして銀色の髪をした美しい女性と小さな男の子が描かれた絵。

もしかしたらあれがヴィンセントの語る家族の姿なのかもしれない、と。

「義母は何も知らなかった。だから夢見てしまったんです。息子を跡取りにできる、と」

「もしかしてヴィンセントが家を出ていたのって……」

綺麗《きれい》な顔が、自嘲《じちよう》するように歪《ゆが》んだ。

「俺は、義母に命を狙《ねら》われていたんです」

先ほどから衝撃的な事実を聞きすぎて頭がくらくらしてきた。

叶《かな》うならば今すぐ横になって眠りたいが、そうはいかないだろう。

「義母は知らなかったんです。巫子が産んだ子ども以外は跡継ぎに指名できないと。彼女が子どもを産めたのは、父が俺に魔力を渡していたからだということもね。だから義母は俺のことを巫子が産んだ汚らわしい子として虐《しいた》げた」

吐き捨てるような口調から、ヴィンセントが義母に対していい感情を抱いていないのが察せられる。

「ヴィンセント……」

「父は俺に対して無関心を貫いた。このままここにいたら、俺は身体だけではなく心まで死ぬと思いました。だから俺は家を出たのです。戻るつもりなんてなかった。死んでもいいと思いました」

どんな思いだったのだろう。

母親を失い、父親からも目を向けられず、義理の母に虐げられたヴィンセント。

逃げたとしても誰が責められるだろう。

「幸運にも、俺は庭師をしている男性に拾われ、下働きとしてシェル家に住まえた……そしてお嬢様、あなたに出会ったんです。永遠に日陰《ひかげ》の身で生きるつもりだった俺を、あなたは引きずり出した。俺を犬と呼び、居場所まで与えた」

黒い瞳《ひとみ》がレティーシャを見つめてきた。

「だというのに、あなたは俺を捨てたんです。あなたは俺を連れて行くべきだった。あなたに捨てられた俺は、ここに戻るしかなくなったのですから。戻った俺は、自分の権利を得るために死に物狂いで努力するしかなかった。そして父と義母を追い出し、この地位を手に入れたのです。すべてはあなたのせいなんですよ、お嬢様」

(私が捨てたせいで?)

娼館《しょうかん》に売られるつもりで家を出た日、ヴィンセントに投げつけられた言葉を思い出す。

『お嬢様の嘘《うそ》つき！　ずっと傍《そば》に置いてくれるって言ったのに』

あの日、ヴィンセントは本当に悲しかったのだろう。

だというのに、レティーシャは追い打ちをかけるように『どこかに行け』と叫んでしまった。

「ご、ごめんなさい。そんなつもりじゃなかったのよ」

もしヴィンセントの事情を知っていたら、あんな別れ方はしなかっただろう。

ちゃんと話をして謝って、新しい勤め先をどうにかして探してあげたのに。

「今更《いまさら》謝っていただいても困ります。まさかそんな謝罪で終わらせるつもりですか？」

違う、そうではないと首を振れば、ヴィンセントが一気に距離を詰めてきた。

「あなたは俺の子を産むんです」

大きな手がするりとレティーシャの薄い腹を撫《な》でた。

「子って……本気なの？」

「本気ですよ」

「私の血が半分は流れることになるのよ？　育てるのは大丈夫なの？」

恨んでいる女が産んだ子を果たして愛せるのだろうか。

不安になって問いかければ、ヴィンセントは何か面白《おもしろ》がるように口の端をつりあげた。

「安心してください。俺とお嬢様の子ですよ？　大事にしないわけないじゃないですか。きちんと責任をもってかわいがります」

それはかつて自分を虐《しいた》げた両親に対する当てつけだろうか。それとも、ヴィンセントを捨てたレティーシャへの意趣返《いしゅがえ》しだろうか。

怖いくらいに綺麗《きれい》な顔がゆっくりと近づいてくる。

「お嬢様」

レティーシャは覆《おお》い被《かぶ》さってくるヴィンセントの表情がどこか切なげで胸が痛くなる。

優しいヴィンセントを苦しめていたという事実が、心に重くのしかかった。

「覚悟してください」

恐ろしい声なのに、触れてくる指先はどこまでも甘くて。

(ごめんなさい)

謝るなと言われた以上、謝罪の言葉は口にできないとレティーシャは唇《くちびる》を引き結んだ。

するとヴィンセントがそれすら許さないとでも言うように、唇に嚙《か》みついてくる。

奪うように寝間着《ねまき》を剝《は》ぎ取られ、素肌《すはだ》に触れられると本能的に身体《からだ》がわななく。

「どんなに嫌がっても無駄ですよ」

どうやら怯《おび》えと取られてしまったらしい。

しかし、レティーシャは嫌がっているわけではない。

憎い相手との子どもを望まなければならないヴィンセントが不憫《ふびん》で苦しいだけだ。

(逃げないわヴィンセント)

そう告げる代わりにそっと背中に手を回せば、ヴィンセントが低く呻《うめ》く。

「どうしてあなたは……くそっ」

悪態《あくたい》を吐きながら覆《おお》い被《かぶ》さってくる。

そして口調とは裏腹にどこか優しい口づけが降りてきた。

「んっ」

熱い舌《した》が口の中を舐《な》めまわし、唾液《だえき》まで啜《すす》り上げていく。

くうんと子犬のように鼻を鳴らせば、ヴィンセントは思い切り唇《くちびる》を吸い上げてくる。

驚くほどの手早さでころりとベッドに転がされた。

「あ、あの」

昨夜の余韻《よいん》でまだ身体《からだ》は気怠《けだる》く、本音を言えば少し手加減してほしい。

そんな思いを込めてヴィンセントを見上げれば、黒い瞳《ひとみ》が怖いくらいに熱を孕《はら》んだ。

「お嬢様……」

「ひっ」

どうやら許してはもらえないらしい。

するりと足を大きく開かされる。

（えっ、うそ……）

まさかと思っているとヴィンセントがそこに顔を寄せてきた。

流石《さすが》にそれは嫌だと足をばたつかせるが、力で叶《かな》うわけもない。

「昨日は無理をさせましたから、今日は優しくしてあげます」

いらないと叫ぼうとしたレティーシャだったが、するりと下着を脱がされてしまう。

ゆっくりと足の間に沈んでいく綺麗《きれい》な顔を信じられない思いで見つめていると、ヴィンセントが不敵に微笑《ほほえ》んだ。

「んぅ」

熱っぽく漏《も》れた己《おのれ》の声が恥ずかしくて、体温が上がる。

必死に唇を嚙《か》んでこらえようとするが、粘膜《ねんまく》を撫《な》でる吐息《といき》と熱に翻弄《ほんろう》され、レティーシャはすぐに甘い喘《あえ》ぎをあげることになった。

そしてそのままじっくりとヴィンセントの魔力を注がれることになったのだった。

三章　予定外の新婚生活

柔らかな午後の日差しがガラス張りの天井から降り注いでいる。

遅めの朝食を済ませたレティーシャは、庭を望むサロンで書類を眺《なが》めていた。

「はぁ……」

気怠《けだる》げな溜息《ためいき》を吐けば、ちょうど紅茶を運んできたメイドが心配そうに顔を覗《のぞ》き込んできた。

「どうかしましたか奥様？」

「何でもないわ」

慌《あわ》てて笑顔を作り紅茶を受け取る。

（あぶないあぶない）

親切にしてくれる使用人たちに心配をかけたくないと、レティーシャは何でもない風を装っているが、その実はいろいろと悩みがあった。

まずひとつは、ヴィンセントがあれから毎夜のように部屋にやってきては触れてくることだ。

忙しさで帰宅が遅くなる日などでも、必ずベッドに潜り込んでくる。

手を出されることはなく、ただぬいぐるみのように抱いて眠るだけの夜もあるが、大抵《たいてい》はそのまま魔力を注がれるし、目覚めてすぐに組み敷かれたりと、彼はとても精力的だ。

（よっぽど早く子どもが欲しいんでしょうね）

子どもができてしまえばレティーシャは用無しになる。

ヴィンセントはその日を待ち望んでいるに違いない。

レティーシャを抱くヴィンセントは、いつもどこか必死で飢えているようでもあった。てっきり魔力過多を解消するためだとばかり思っていたのだが、最近になってどうもそれだけではないことに気がついた。

『早く……俺の子を……』

行為の最中、ヴィンセントはどこか苦しげにそんなことを呟《つぶや》くことがあった。

（家族が、ほしいのよね）

今のヴィンセントに家族と呼べる人はいない。

父親は彼を虐《しいた》げた義母と共に領地の別荘で暮らしているし、彼の弟は跡継ぎではないこともあり、すでに家を出ているらしい。

詳《くわ》しいことは教えてくれなかったが、おそらく縁が切れているのだろう。

この広いガーデン家でヴィンセントはひとりぼっちなのだ。

レティーシャが子どもを産めば、その子は必然的にガーデン家の跡取りになり、ヴィンセントを父と慕うだろう。

孤独な彼は血を分けた子が欲しいに違いない。

あの日語ったようにたとえ母親がレティーシャでも、ヴィンセントならば子を慈《いつく》しみ育ててくれることだろう。

(だとしても、少しは手加減してほしいものだわ)

あちらは魔力を放出できるのですっきりするだろうが、受け止める側のレティーシャにしてみれば供給過多だ。

浄化して体内で循環《じゅんかん》できるとはいえ、こうも大量に注がれると馴染《なじ》ませるのに時間がかる。

物理的な体力も追いつかない。

つがいとなって早いものでもう三か月ほどが過ぎた。

多少は慣れてきたとはいえ、目が覚めた時は全身が気怠《けだる》いし、あちこち違和感もある。

今朝も起き上がれず、仕事に向かうヴィンセントを見送ることもできなかった。

(というか見送りをさせてもらったことはないんだけれど)

時折うまく起きられても、ヴィンセントは一人でさっさと準備をして行ってしまう。

つがいとしての役目だけを求められている……と思いきや、実はそうではないのもレティーシャの悩みの種《たね》だった。

サロンの中をそれとなく見回せば、色とりどりの花であふれていた。

「また増えてるわね」

「ええ。昨日のお花はあちらに生けてありますよ」

一番日当たりのよい棚の上には、花瓶《かびん》からこぼれそうなほどの薔薇《ばら》が飾られている。

他にも見たこともないような形の花や、あきらかに希少種とわかる珍しい色合いの薔薇などが所狭しと並んでいる。

（毎日毎日……何なのよ）

それらはすべてヴィンセントからレティーシャへの贈り物だ。

サロンにあるだけではなく、寝室や食堂、玄関ホールなどにも花があふれており、そろそろ飾るところがなくなるのではないだろうかとレティーシャは勝手に心配していた。

とはいえ花に罪はない。というか花はまだましなほうだ。

ヴィンセントは花以外にも、お菓子や人形、本、宝石など帰宅する度に何かを腕に抱えており「これは投資ですから」などというわけのわからない理由と共にレティーシャに押しつけてくる。

神殿時代、レティーシャはそういった娯楽《ごらく》めいた楽しみからは完全に遠ざかっていた。

聖神力《せいしんりよく》を濁《にご》らせないために俗世《ぞくせ》とは縁を切っていたからという理由もあるが、他の巫子《みこ》たちは神官や司祭たちからこっそりと化粧品《けしよう》や装飾品などをもらっていた。

それらは神殿からつがいを得た貴族や、加護により利を得た商人たちが貢《みつ》ぎ物として寄附《きふ》したものだというが、レティーシャに届けられたことは一度もない。

不平等な扱いに悲しんだこともあったが、幼い頃に浴びるほどの贅沢《ぜいたく》をしていた記憶があるレティーシャは今更《いまさら》欲しいとだだをこねる勇気もなかった。

だからヴィンセントがいろいろな贈り物をしてくれることを最初は素直に喜んでいた。

（でも流石《さすが》に限度があるわよ）

利用しきれないどころの話ではない。

一番頻度《ひんど》が多い花はこの有様《ありさま》だし、お菓子は一人では食べきれないので使用人たちにも分けているし、外に出ないから宝石など使う機会もない。

人形はベッドに持ち込んだところでヴィンセントの手によって床に放り出されてしまうし。

（かといって、いらない、とも言いにくいのよね）

贈り物を連続でもらったある日、レティーシャは「いや、もう……」と断りかけたのだが、その瞬間、ヴィンセントが思い切り眉《まゆ》を下げたのだ。

その表情に罪悪感がこみ上げ、結局は受け取ってしまい、以来、断るタイミングを完全に見失ってしまっている。

使用人たちは微笑《ほほえ》ましいものを見るような目を向けてくるばかりなので愚痴《ぐち》もこぼしにくい。

（高度な嫌がらせなのかしら）

それにしてはすべてがレティーシャの趣味に沿っているのもなかなかに怖いものがある。

すべて大切にしまってあるが、いずれレティーシャが家を出る時はどうなってしまうのか。

（……やめよう）

あまり深く考えると頭が痛くなりそうだと、レティーシャは手に持っていた書類に目を戻す。

「順調ね」

書類に書かれている数字にレティーシャがうんうんと満足げに頷《うなず》く。

公爵夫人としてはじめた事業の報告だ。

何をしてもいいという言質《げんち》を取ったあと、レティーシャは与えられた貯金を使ってある事業をはじめたのだ。

（まさか、こんな形で夢が叶《かな》うなんてね）

巫子《みこ》の仕事は祈りを捧《ささ》げたり雑用だけをしていたわけではない。

レティーシャがいた中央神殿は巫子を養育する以外にも、人々の悩み相談を受けたり、聖属性の魔法を使って治癒《ちゆ》や解呪《かいじゆ》なども行ったりしていた。

魔力の強い巫子は、神殿で配布する護符《ごふ》や聖水を作るといった仕事も請《う》け負っていた。

護符とは魔物避《よ》けにはじまり、畑を豊かにするもの、水を浄化するもの、安眠を促《うなが》すものなど、さまざまな効果が付与《ふよ》されたものだ。

紙に書くものもあれば、腰布や髪飾りなどに直接刺繡《ししゅう》したりと形状もさまざま。

特に外れ巫子《みこ》として仕事を押しつけられていたレティーシャは、護符《ごふ》作りにおいては量、質共に神殿一と言えるほどの技術を習得していたのだ。

「奥様のはじめたお店はとても評判がいいんですよ」

「ふふ。嬉《うれ》しいわ」

「すごいですよね。まさか神殿以外で護符を買えるなんて」

レティーシャは庶民《しょみん》向けに簡素な護符を販売する店をはじめていた。

「そもそも護符はね、文様《もんよう》そのものに意味があるのよ。加護は後付けの効果なの」

それはレティーシャが護符作りを学ぶなかで知った事実だった。

護符とは魔力を持たない市井《しせい》の人々が、自然界に存在している微弱な魔力を使ってさまざまな効果を生み出すために考え出されたものらしい。

それをいつの頃からか神殿がとりまとめるようになり、巫子の加護という付加価値をつけたものを寄附《きふ》と引き換えに配布するようになったという歴史があったのだ。

調べてみたところ、王都から離れた地域などでは、今でも村の薬師《くすし》などが護符を作って配布しているらしい。

特に取り締まる法律もなく、個人で売買しても何ら問題ない。

「知りませんでした。護符ってとても高価で貴重なものだとばかり」

「神殿の護符を手に入れるのは簡単ではないものね」

神殿で巫子が作らされた護符は、聖女が加護を加えた強力なものばかりで、敬虔《けいけん》な信徒と判断された人たちにだけ渡される。

どういう判断で渡されていたかは知らないが、おそらくは献金であったり供物《くもつ》の奉納《ほうのう》量なのではないかとレティーシャは考えていた。

神殿の護符は巫子が一つ一つ手をかけて作り、そのうえ、祈りを捧《ささ》げて加護を付随《ふずい》させている。

一人の巫子が一日に作れる数は、両手で足りるほどだ。

それだけの価値があると言われてしまえばそれまでだが、なんとも生々《なまなま》しい話だ。

「私が思うに護符が欲しい人たちって、あそこまでの強力な効果は求めていないんじゃないかと思ったのよ」

きっかけは偶然だった。

完成した護符を神官に届けに行った帰り道、レティーシャは護符を求めに来た誰かが愚痴《ぐち》をこぼしているのを偶然聞いたのだ。

普通の信徒は神殿の中まで入ることはできないのだが、どうやら相手は貴族らしく神官と何やら話し込んでいたのだ。

姿は見えなかったが、神官に対し護符が欲しいから早く作るようにとせっついているようだった。効果が高いのは嬉《うれ》しいが、もっと効果が弱くてもいいから手に取りやすい金額のものはないかと相談していたのだ。

子どもの頃から神殿で育った巫子《みこ》や神官たちは、市井《しせい》の人々がどんな暮らしをしているかという考えがそもそもないのだろう。

だから効果も価格も高い護符《ごふ》だけを作っているが、聖女の加護を付与《ふよ》しなくても使える簡素なものこそ需要があるのではないかと当時のレティーシャは考えたのだ。

そのことをそれとなく世話役の神官や司祭に相談したことはあったが、鼻で笑われたものだ。

『神聖な神殿のやることではない』

レティーシャはそれをずっと根に持っていた。

金で護符を売っているくせに、と。

せっかく人々の役に立てる方法があるのに何故《なぜ》しないのだろうか。

本来の護符とは、困っている人を助けるために作り出された存在なのに、特権階級だけが手に入れられるようにしてどうするのか、と。

その頃からレティーシャは神殿を包む奇妙な空気に違和感を抱くようになっていた。

俗世《ぞくせ》から切り離された巫子たち。高価で取り引きされる護符。不気味で気持ちが悪い神殿の空気。

だから神殿を出されたあとは、市井の人々に向けた、聖女が加護を付与しなくても使える護符を取り扱う店をやろうと考えていたのだ。

それが聖女として生きることになった自分の役目なのではないかと。

力と知恵を得たのだから、そのために腕を振るうべきだし、そうしたいと今のレティーシャは思っていた。

貴族令嬢として傲慢《ごうまん》に生きていた過去への贖《あがな》いにもなるのではないかという、利己的な考えも少しだけある。

護符の情報は神殿で保管されているが別に秘匿《ひとく》されているわけではなく、一般の人でも申請すれば見られる図録に載っているのだ。

高齢の農夫などは昔の知識があるのか、雨期になると虫除《むしょ》けの図案を複写しに来ていた。

勝手に売っても罰せられることはないというのも確認済みだ。

だからレティーシャはせっせとそれを暗記して自分の頭に記録しておいたのだ。

(まさかこんな形で夢が実現するとは思わなかったけれど)

公爵夫人として所有することになった建物で、一番人通りの多い場所にあった別邸を改築し、小さな店を開いた。

そこでは虫除けや獣避《よ》け、眠りを健《すこ》やかにするものや温かなものが冷めにくくなるものやその逆など、わざわざ巫子が作ることはない庶民《しょみん》向けの護符を販売していた。

護符《ごふ》の作成は近隣にある養護院に外注していた。

最初の見本だけはレティーシャが作成し、それを真似《まね》て護符を作ってもらっている。

聖女の加護を必要としない護符の店という画期《かっき》的な店は、今では大盛況だ。

「養護院からも仕事が増えたことで、運営が安定したと報告が届いていますよ」

「寄附《きふ》するのは簡単だけど、やはり手に職って大事なことだと思うの」

「素晴らしい考えですね！」

貴族令嬢から没落《ぼつらく》したレティーシャは、自分には何もできることがないことに酷《ひど》く絶望したものだ。

誰の役にも立てない自分がずっと嫌いだったのだ。

だからこそ巫子《みこ》として過ごす中で、自分に何ができるかをずっと考え、自分だけではなくみんなで利益を得られる道がないかと考え、この方法を思いついたのだ。

最初は難色を示していた養護院の人たちも、自分たちが作った護符が大人気だと知ってからはいつも楽しそうに取り組んでくれているという。

「できれば自分の目で見たかったんだけどな……」

すべては伝聞《でんぶん》のみなので、自分の店がどんなに繁盛《はんじょう》しているかや、養護院の人たちの様子をレティーシャはまだ見ていない。

それもこれもヴィンセントから外出を禁じられているからだ。

（私が逃げるとでも思っているのかしら）

昔のことを思えばヴィンセントから信用してもらえないのは仕方がないとはわかっているが、やはり虚《むな》しいものがある。

そんな思いを察してくれたのか、メイドが優しく声をかけてくる。

「旦那《だんな》様は奥様が大切なんですよ」

気を遣《つか》われているのがあきらかにわかる。

彼らも主《あるじ》のレティーシャへの扱いが少し異様なのは察しているのだろう。

それでもヴィンセントの行いは、レティーシャへの愛情からのものだと信じて疑っていないのもわかる。

（本当に慕われているのねぇ）

主がどこの馬の骨ともわからない女を妻扱いしろと連れてきたら、普通の使用人なら冷遇しそうなものなのに、この屋敷の使用人たちは総じてレティーシャに親切だ。

ヴィンセントの態度を見ている限り、親しみやすい主というわけではないだろうに。

それだけ見えないところで誠実に接しているということなのだろう。

（私も、ヴィンセントに少しでも何か返せればいいのだけれど）

彼が大切に思っているであろう公爵家のためにも、この事業が成功すればいいと考えている。

公爵家の評判が上がれば使用人たちだって鼻が高いだろうし、待遇だってもっとよくしてあげられるかもしれない。

渡された財産を殖《ふ》やしていけば、何かの役に立つことだってあるだろう。

それくらいで許してもらえるとは思っていないが、ヴィンセントの気持ちが少しでも楽になってくれればいいと思う。

願わくば生まれた子どもとの縁を少しくらいは残しておきたいという欲もあった。

（時々、顔を見るくらいは許してほしいし、ね）

まだできてもいない子であっても、手放す日を想像するだけで切なくなる。

そっとお腹《なか》を撫《な》でながらレティーシャは重い息を吐き出したのだった。

＊＊＊

その日、いつものように遅めの朝食をとり書類仕事をしていたレティーシャのもとに、メイドが不安そうな様子で声をかけてきた。

「あの、奥様」

「どうしたの？」

「実は……奥様にお会いしたいというお客様がいらしてまして」

「お客様？　私に？」

客などはじめてだ。

というかわざわざレティーシャを訪ねてくるような相手に心当たりは一切ない。

(神殿の人かしら？　様子を見に来たとか？)

可能性があるのはそれくらいだが、神殿の誰がわざわざレティーシャに会いに来るだろうか。

「どなたかしら？」

「それが……」

困惑《こんわく》しながら問いかければ、メイドが申し訳なさそうに眉《まゆ》を下げる。

「ボルディア伯爵家のご令嬢で……」

「伯爵家？」

ますます意味がわからないとレティーシャは首を傾《かし》げる。

聞いたこともない家名だった。

レティーシャの昔の縁というわけでもないし、ヴィンセントが口にした記憶もない。

「ええと……そのご令嬢はヴィンセント様のお客様なのでは？」

「それが奥様にお会いしたいとおっしゃってまして。何度もお断りしたのですが、ヴィンセント様の許可は得てるとおっしゃってまして。お城にいる旦那《だんな》様に確認中なのですが、まだお返事がなく……」

弱り果てた様子に相手がよほど無理を言っているのを察する。

相手が伯爵家の人間ということになると、使用人たちも強くは出られないのだろう。

「ヴィンセント様にはどれくらいで連絡が取れそうなの？」

「知らせを送りましたが、どうやらお仕事で席を外されているようで……」

「そう……」

しばらく考え込んだレティーシャは顔を上げるとメイドに優しく微笑《ほほえ》みかけた。

「わかりました。お会いするので準備を手伝ってもらえるかしら」

「でも」

「お客様がヴィンセント様の許可を得ているとおっしゃっている以上、このままお待たせしては悪いわ」

「奥様……申し訳ありません」

深く頭を下げるメイドを気遣《きづか》いながらレティーシャは出迎えの準備をはじめたのだった。

外に出ることも人と会うこともないので、簡素なワンピースばかり着て過ごしていたが、相手が貴族令嬢ならば礼儀を欠くわけにはいかないと、メイドたちが張り切って着飾らせてくれた。

その気合いの入れようにおののきながらもなんとかそれなりの支度ができたレティーシャは

応接間へと向かう。

(ご令嬢、ということはお若い方よね)

何の用事だろうかと緊張しながら応接間に入れば、一番上等なソファに一人の女性が座っているのが見えた。

つややかな黄金色の髪に白磁《はくじ》のような白い肌《はだ》。顔は小さく、唇《くちびる》はぷっくりと赤い。身につけている薄いピンクのドレスは上品なデザインで、絵本の中に出てくるお姫様のような風貌《ふうぼう》だ。

彼女は紅茶を優雅に啜《すす》りながらレティーシャをちらりと見ると、ふ、と口元を緩《ゆる》める。

(何……？)

なんだか嫌な相手だと感じた。

こちらが入室しても立ち上がる様子もなく、声もかけてこない。

あきらかに自分のほうが立場が上だと言わんばかりの態度だ。

部屋に控《ひか》えているメイドたちも苛立《いらだ》っているのが伝わってくる。

「お待たせしてしまい申し訳ありません」

下手に出るのは癪《しゃく》だが、相手の正体がわからない以上は礼儀を尽くすべきだとレティーシャは先んじて挨拶《あいさつ》した。

軽く会釈《えしゃく》をすれば、女性はようやくティーカップをソーサーに戻しレティーシャへと身体《からだ》を向ける。

「本当ですわ。ガーデン家の接客はいつからこんなに質が落ちたのでしょうか」

高く軽やかな声だった。

「申し訳ありません。ヴィンセント様から来客の予定があるとは伺《うかが》っていなかったもので」

急に来たのはそちらではないかという意味を込めて告げれば、彼女は不愉快《ふゆかい》そうに眉《まゆ》をつりあげた。

「巫子《みこ》の分際《ぶんざい》でヴィンセント様の名前を呼ぶなんて、身の程知らずね」

どうやらこの女性はレティーシャが巫子であることを知っているらしい。

(まあそれもそうか。高位貴族が最初に結婚するのは巫子と相場が決まっているものね)

納得しつつも、だからといって見下される筋合いはないとレティーシャは背筋を伸ばす。

「ヴィンセント様から名前で呼ぶようにと言われまして。私はしがない巫子ですので逆らうこともできず」

決して自分の意志ではないですよと素直に伝えれば、女性は納得したのか少しだけ表情を和《やわ》らげた。

だがレティーシャを睨《にら》みつける瞳《ひとみ》には攻撃的な色が宿っている。

「まあそれならばしかたがありませんわね」

「それで本日はどのような御用向きで？　ヴィンセント様はまだお仕事中なのですが……」

「あなたの顔を見に来たのよ」

女性はわざとらしいくらいゆっくりした動作で立ち上がると、手に持っていた扇《おうぎ》で顎《あご》あたりをとんとんと叩《たた》きながら小首を傾《かし》げた。

「私はミーガン・ボルディア。ボルディア伯爵家の娘です」

「はじめましてミーガン様。私はレティーシャと申します」

「レティーシャね。ふうん」

ミーガンはまるで品定めをするようにレティーシャをじろじろと観察すると、ふんと鼻を鳴らした。

かわいらしい見た目にそぐわぬ下品な仕草《しぐさ》にレティーシャが戸惑《とまど》っていると、ミーガンがやれやれとでも言うように緩《ゆる》く首を振った。

「ヴィンセント様がようやくつがいを選んだと聞いて見に来てみれば、このような貧相な娘だったなんて興《きょう》ざめだわ。ヴィンセント様にちっとも釣り合わない」

失礼なことを言われている気がするが、レティーシャも実際そう思うので反論はしない。

「お前、いったいどんな手を使ってヴィンセント様を籠絡《ろうらく》したの？」

「籠絡って……巫子はつがい選に干渉《かんしょう》できません。すべては大司祭様が決定なさるので」

「どうせその大司祭とやらを誘惑して、ヴィンセント様のつがいに推薦《すいせん》してほしいとでも頼んだのでしょう。汚らわしい」

（ええぇ）

言いがかりも甚《はなは》だしい。

反論したいが、相手の立場も目的もわからない以上、下手なことは口にできない。

「そのようなことはございません」

「どうだか」

レティーシャが何を言ってもミーガンは信じるつもりはないらしい。

こちらを嫌っているのがひしひしと伝わってくる。

（いったい何がしたいのかしら）

使用人たちの空気もひりついているのがわかる。

突然押しかけてきて家人に言いがかりも同然の暴言を吐き続けているのだから当然だろう。

（早くなんとかしないと）

「私がヴィンセント様に釣り合わないのは重々承知しております。しかし、つがいは必要な制度。選ばれた以上、私は役目を全《まっと》うすることしかできませんのでご容赦《ようしゃ》ください」

今のレティーシャにできることは全力で下手に出て、ミーガンに可能な限り早くお帰りいただくことだ。

だがミーガンはそんなレティーシャの態度すらお気に召さなかったらしい。

「はっ！　汚らわしい！　つがいなど名ばかりの慰《なぐさ》みものの分際《ぶんざい》で！」

「!!」

びしりと部屋の空気が凍《こお》った音が聞こえた。

使用人たちは一様《いちよう》に固まり、息すら止めている。

流石《さすが》にこれは怒ってもいいのではと思ったが、続けて告げられたミーガンの言葉にレティーシャは言葉を飲み込むことになる。

「私とヴィンセント様は恋人同士なのに！」

（は？）

今度は別の意味でレティーシャが固まった。

目を見開いたまま動かなくなったレティーシャに、ミーガンが勝ち誇ったような笑みを浮かべる。

「その様子だと聞いていなかったようですわね」

返事もできずにいると、ミーガンは聞いてもいないのに勝手に喋《しゃべ》りはじめた。

「我がボルディア家はこのガーデン家の分家にあたるのです。私とヴィンセント様は、家門の交流会で知り合いました。私たちは一目でお互いに運命の相手だとわかったのです！」

まるで舞台女優のような仕草《しぐさ》で語るミーガンの表情は恍惚《こうこつ》としていた。

「ですが運命は残酷でした。ヴィンセント様はつがいを必要としていたのです」

ううっとハンカチで目元を拭《ぬぐ》う仕草まで堂に入っていて、レティーシャは目が離せなくなる。

「私は涙を呑《の》んでそれを受け入れました。つがいがいなければ、ヴィンセント様は魔力過多によりその命を危うくしてしまうのですから……」

「まあ、そうですね」

つい口を出せば、ミーガンはきっとレティーシャを睨《にら》みつけてきた。

「本当にわかっていらっしゃるの？　あなたは私の温情でヴィンセント様のつがいになれたのですのよ！　この泥棒猫《どろぼうねこ》！」

どうやらこの一言が言いたいがために長々と喋《しゃべ》っていたらしい。

別にミーガンのおかげではないのだがと思ったが、これ以上の騒ぎはごめんだとレティーシャは再び口を噤《つぐ》む。

（そっか。恋人がいたのね）

ミーガンがここに来た理由がわかってレティーシャはほっとしていた。

理由もわからぬまま罵《ののし》られる趣味はないと思っていたが、彼女がレティーシャとヴィンセントの関係を誤解しているのならば、攻撃的な態度も納得できる。

ヴィンセントの目的は復讐《ふくしゅう》だ。決してミーガンの想像しているような色っぽい関係ではない。

「あのですね……」

そう説明しようと口を開きかけたレティーシャだったが、ふとあることに気がつく。

（あ、もしかしてミーガン様はヴィンセントの過去を知らないのでは？）

ヴィンセントの過去は、ガーデン家にとっては汚点なので表沙汰《おもてざた》にするわけにはいかないに違いない。

使用人たちにはレティーシャをつがいにした理由を説明するために恩人だと嘘《うそ》をつけても、恋人には嘘を吐きたくないからと黙っている可能性が高い。

そうなると真実を告げるわけにもいかないので、レティーシャは曖昧《あいまい》な笑みを浮かべて再び口を閉じる。

「本当はとても嫌なんです。でも必要なことだから私は耐えます……あなた、早く役目を終えてヴィンセント様を解放なさい！」

甲高《かんだか》い声で叫んだミーガンの目元には涙が滲《にじ》んでいる。

（私だって早く解放してさしあげたいわよ。でも……）

そっとお腹《なか》に手を添えれば、ミーガンが怪訝《けげん》そうに顔をしかめる。

「ちょっと、聞いているの？」

「あ、はい。お話はわかりました」

「わかったのならさっさと役目を終えなさい」

「そうしたいのは山々なのですが、これればかりは私の意志ではどうにもできない部分でして」

子どもが宿らない限り、ヴィンセントとレティーシャはつがいのままだ。

なんだかんだと毎日励《はげ》んでいるものの、いまだにその兆《きざ》しはないので、いつミーガンの願いを叶《かな》えられるかはレティーシャにもわからない。

「何ですって?」

「ですが私もヴィンセント様を早く解放してさしあげたいと思っているのは本当なんです。不釣り合いなのも重々承知です。どうかミーガン様はヴィンセント様を待っていてさしあげてください」

「えっ? なんて?」

レティーシャの言葉にミーガンが困惑《こんわく》したような声を上げる。

「私の役目が終わるまで待っていてくださいと申し上げました。最短でもあと一年ほど見積もっていただけると助かります」

そういえば護符《ごふ》の中には子宝を願うものもあった気がする。

今夜からでも寝室の飾りに取り入れてみるべきかもしれない。

「何言ってるのよ、あなた」

「ヴィンセント様も毎夜頑張ってくださってるんです。正直、ちょっと頑張りすぎなくらいで、私もなかなか身体《からだ》がついていかなくて」

「は?」

びしりとミーガンが固まり、顔を赤くしたり青くしたりを繰り返す。

恋人の床《とこ》事情など知りたくもないだろうが、嘘《うそ》を伝えて拗《こじ》れるのだけは勘弁《かんべん》願いたいので、レティーシャは素直に告げることにした。

「ヴィンセント様のお身体はミーガン様がおっしゃっているように、魔力酔いで危険な状態でした。ですから私はそれを癒《い》やす責任があるのです。ヴィンセント様もお辛《つら》いようで、私を毎夜召されてますが、それはすべてご自身の身体のためなんですよ」

「な、な……」

「私はまだ受け止めるだけで精一杯なんですが、これからはもっと努力しますから。今夜もお願いしてみます。だんだん馴染《なじ》んできましたし」

呆《あき》れるほどに魔力を注がれた影響か、レティーシャの身体には常にヴィンセントの魔力が流れているような状態だ。

このままいけば子どもを孕《はら》むのも時間の問題だろう。

「幸いなことに相性もいいようですし、今夜も頑張りますね！」

「ば、馬鹿《ばか》じゃないの！　この淫乱《いんらん》！」

どうやら若いご令嬢には刺激が強い話だったようだ。

「ですがこれは大切なことですし……」

告げながらレティーシャはふとあることに思い至《いた》る。

（ミーガン様がヴィンセント様と再婚するなら、私の子はミーガン様が育ててくれるのね）

自分の子どもを託《たく》す相手だと思うとだんだん感慨《かんがい》深いものが湧《わ》いてくる。

子どもを育てていくにあたり、ヴィンセントが一人で子育てをするわけではないとわかってほっとしたのは事実だ。

レティーシャが産んだ子はミーガンを母と慕って育つのだろう。

わずかに胸の奥が痛むが、仕方がないことだ。

「まるでけだものじゃない！　汚らわしい」

「そんなことを言わないでください。私、頑張りますから」

どんと胸を叩《たた》けば、ミーガンが甲高《かんだか》く叫んで頭を抱えた。

「あなた話が通じないわ！」

先ほどまでの勢いはどこへやら、ミーガンの顔色が急に悪くなってきた。

「ミーガン様？」

体調が悪いのならば治癒《ちゆ》でも施《ほどこ》そうかと近づけば、彼女はまるで何かに怯《おび》えたように後ろへ数歩下がった。

「と、とにかく！　身の程をわきまえて生活するのですよ！　間違ってもヴィンセント様に愛されているなどと誤解しないように！」

そう叫んだミーガンは逃げるように応接間から出て行ってしまった。

どたどたと貴族令嬢らしからぬ足音が遠ざかっていくのが聞こえる。

取り残されたレティーシャは、何かマズいことを言っただろうかと首を傾《かし》げる。

(なんだか話が通じなかったような？　ヴィンセント様の恋人なら、私が跡継ぎを産むことくらいはわかっていると思ったのだけれど)

それでなくても伯爵家ならばつがい制度の事実を知っていてもおかしくないだろうに。

なんともすっきりしない気持ちで悩んでいると、再び大きな足音が聞こえてきた。

(えっ、戻ってきたのかしら？)

まだ何か言い足りないことでもあったのだろうかとレティーシャが目を向ければ、勢いよく扉が開いた。

「お嬢様！」

「ヴィンセント様!?」

血相《けっそう》を変えたヴィンセントが応接間に転がるように駆け込んでくる。

普段はしっかりと整えている前髪は乱れているし、額《ひたい》にはうっすら汗が滲《にじ》んでいた。

そのうえ、目が血走っていて非常に怖い。

失言をしたらこの場で嚙《か》み殺されてしまうのではないだろうか。

「ひっ」

そのままの勢いでレティーシャに近づいてきたヴィンセントは、肩をガシリと摑《つか》むとせわしなく目線を動かし様子を確かめてきた。

「大丈夫でしたか？　何かされませんでしたか？　何を言われたんですか？　何を話したんですか」

「ま、待って」

ただでさえ怖いのに、矢継《やつ》ぎ早《ばや》に質問を浴びせられてレティーシャはあわあわと首を振る。

「いったいどうしたんですか。まだお仕事中だったはずでは……あ、ミーガン様に会いにいらっしゃったんですね？」

となると、やはりミーガンが許可を得ていたというのは本当なのだろうか。

だがヴィンセントは乱暴に首を横に振ると、乱れた前髪を乱暴にかき上げた。

「違います。彼女が予告もなく屋敷に来たとの知らせを受けて帰ってきたんです」

「はぁ……」

それをミーガンに会いに来たというのではないのかとレティーシャが首を傾げていると、ヴィンセントが両手をぎゅっと摑んできた。

「それで、どんな話をしたのですか」

「す、少し話をしただけですってば」

「本当ですか？　いったい何を聞かれたんですか」

「何をって……あ」

必死に問いかけてくるヴィンセントの態度に、レティーシャははっとする。

(もしかして使用人時代のことをバラされたかもって思ってる?)

これまで隠していたことをもしレティーシャがべらべら喋《しゃべ》っていたら、二人の関係に溝《みぞ》ができてしまうだろう。

確かにそれは不安に思って当然だ。

「安心してください。余計なことは何も言ってませんから!」

「そうなのですか?」

疑わしそうに眉《まゆ》を寄せたヴィンセントが、部屋に控《ひか》えている使用人たちに視線を向けた。

しかし彼らは何故《なぜ》かふいっと視線を逸《そ》らしてしまう。

なんで擁護《ようご》してくれないの! とレティーシャが青ざめる。

「……彼女とどんな話を?」

「ええと……ミーガン様から早く役目を果たすようにと言われました」

「他には?」

「えっとぉ……その、ミーガン様とヴィンセント様は特別な関係だとお聞きしました……」

嘘《うそ》を吐くわけにはいかず正直に白状すると、ヴィンセントが低く唸《うな》った。

(ひっ)

もはやヴィンセントの顔が見られなかった。

ひしひしと感じる怒りのオーラに泣きそうだ。

「あなたはそれに対してなんと答えたのですか」

「私がヴィンセント様に不釣り合いなのはわかっているので、役目を終えるまでお待ちくださいと……」

「へぇ」

地獄から響いてきたような声にレティーシャは小さく跳《は》ねる。

応接間が静まりかえる。

(何？　私、何を間違えたの⁉)

助けを求めて使用人たちに視線を向けたが、彼らは何故か残念なものを見る目でレティーシャを見ていた。

「なるほど、わかりました」

「ヴ、ヴィンセント様？」

「あなたがまだご自身の立場を理解してないということが、よくわかりました」

「きゃあ！」

突然横抱きにされ、レティーシャは目を白黒させる。

不安定な体勢が怖くて咄嗟《とっさ》にヴィンセントの胸もとにすがれば、短い溜息《ためいき》が聞こえた。

「言っておきますが、俺はこの先もあなたを手放す予定はありませんよ」

「えっ？　それってどういう……」

「あなたは未来永劫《えいごう》、俺だけのお嬢様です」

「何それ、ちょ、待って……！」

そのまま歩き出したヴィンセントによって、レティーシャは部屋へと連れ込まれた。

ぽいっと物のようにベッドに放られ、のしかかるようにして押し倒される。

「あ、あの」

これまで何度も抱かれたが、こんなに乱暴な扱いをされたのははじめてではないだろうか。

乱れた前髪の奥からレティーシャを睨《にら》む瞳《ひとみ》は凶暴で、逸《そ》らすこともできない。

「俺が間違ってました。遠慮はしません」

これまで遠慮していたのですか、という言葉は噛《か》みつくような口づけで奪われる。

布の破ける嫌な音と同時に、素肌《すはだ》を空気が撫《な》でた。

(嘘《うそ》でしょ)

着ていた服はヴィンセントによって引き破かれ、床へと放り投げられていた。

ドレスを破くなんて、なんという勿体《もったい》ないことをするのだと言ってやりたいのと同時に、あんなしっかりした生地《きじ》を素手で破くなんてという恐怖で頭が真っ白になる。

「ひっ！」

がぶりと首筋に噛みつかれ、鈍《にぶ》い痛みを感じた。

胸が形を変えるほど強い力で摑《つか》まれている。

「あなたのすべては俺のものだ。二度と役目を終えるなどと言えないようにしてさしあげます」

「えっ、あ、だめっ」

強引なのにどこか繊細《せんさい》な指が、不埒《ふらち》な動きをはじめる。

すっかりとヴィンセントに慣らされた身体《からだ》は、乱暴な扱いをされているのにあっという間に熟《う》れてしまうのが、恥ずかしくて悔しい。

痛いと叫ぶ寸前の力加減で攻められ、やめてとも言えない。

あと少しだけ酷《ひど》くしてくれれば喚《わめ》けるのに、まるで拷問《ごうもん》だ。

「や、やだぁ」

与えられる刺激の強さに悶《もだ》えながら泣けば、ヴィンセントがこぼれる涙を啜《すす》るように目元に口づけてきた。

「お嬢様」

腰を押しつけてくる動きは容赦《ようしゃ》がないのに、自分を呼ぶ声だけは酷く甘くてどうにかなりそうだった。

レティーシャはそのまま夜が更《ふ》けるまで組み敷かれ続けたのだった。

＊＊＊

執務室で書類にサインをしていたヴィンセントは、せわしなく動かしていた羽根ペンをぴたりと止めると、部屋の隅《すみ》に控《ひか》えている執事《しつじ》にちらりと視線を向けた。

数秒の迷いのあと、意を決して口を開く。

「レティはどうしていますか」

本人の目の前では一度も呼べていない愛称を口にすれば、執事が情けないとでも言いたげに首を振った。

「ご心配ならご自身でお見舞いに行かれたらどうですか」

それができたら苦労していないと、ヴィンセントは奥歯を嚙《か》みしめた。

（お嬢様……）

ようやく手に入れたヴィンセントの大切な人。

（くそ……なんでうまくいかないんだ）

長く恋い焦《こ》がれていた相手と名実共に夫婦になったというのに、今の状況は信じられないほどに複雑なものになっている。

ガーデン家の嫡男《ちゃくなん》として生まれたヴィンセントの幼少期は、お世辞《せじ》にも恵まれているとはいえないものだった。

物心がついた時にはすでに居場所などなかった。

父は仕事に忙しく不在がちで、母は弟ばかりをかわいがっていた。

弟のように頭を撫《な》でてもらいたくて近づけば、母は顔をしかめ無言でヴィンセントを避けた。

家族に無視されていたヴィンセントへの使用人たちの態度も最悪だった。

最低限の世話はしてくれるが、言葉を交わすこともなければ、挨拶《あいさつ》すらしてもらえなかった。

滅多《めった》に掃除してもらえない汚れた部屋で冷めたスープを啜《すす》りながら、かろうじて生きるだけの毎日。

名前を呼んでくれる人間など誰もいない世界で、孤独を抱えていた。

そんな日々が終わりを告げたのは、ヴィンセントが十二歳を迎えた誕生日のことだ。

この国では男子は十二歳になれば父親に連れられ、男性だけの社交の場に参加することが許される。

父も久しぶりに屋敷に帰ってくると聞かされていたヴィンセントは、それを待ち望んでいた。

なのに。

「うっ、ぐぅ……」

焼け付くような喉《のど》の痛みに、ヴィンセントは床をのたうち回る。

誕生日祝いだと食堂に呼び出され、母から飲み物を渡された。

嬉《うれ》しくて嬉しくて躊躇《ためら》わずにそれを飲み干したヴィンセントを待っていたのは、毒による苦しみだった。

「お前が死ねばあの子が跡取りになるのよ。あの女そっくりのお前をようやく始末できるわ」

歪《ゆが》んだ顔で笑いながらそう告げられて、ようやくヴィンセントは母と思っていた女が自分とは血の繋《つな》がりのない存在なのだと知ったのだ。

毒で苦しむヴィンセントを誰も助けてはくれなかった。

生き残ったのは、身体《からだ》に秘められていた膨大《ぼうだい》な魔力が顕現《けんげん》したからにすぎない。

あとから知ったことだが、本来ならば身体の成長と共に育つ魔力が、死にかけたことで一気に覚醒《かくせい》したらしい。

ここにいては殺される。居場所なんてない。

だからヴィンセントは逃げ出すことにした。

家を捨てたつもりで何ひとつ持たず飛び出し、当てもなく彷徨《さまよ》った。

魔力のおかげで怪我《けが》も病気もしなかったし、空腹を満たすために残飯を漁《あさ》って、泥水《どろみず》だって啜《すす》った。

みすぼらしい子どもに手を差し伸べるものなど誰もいなかった。

このまま誰にも顧《かえり》みられず生きていくのだろうと思っていた矢先、とある貴族の屋敷の裏手でゴミを漁っているところを見つかり咎《とが》められ、捕まってしまった。

もしかしたらどこかに突き出されるかもしれないと怯《おび》えたヴィンセントだったが、意外なことにその屋敷の庭師が身元を預かると手をあげたのだ。

何でも長く会えていない孫に似ているという理由で、その庭師の手伝いをする下男《げなん》として雇《やと》ってもらえることになった。

庭師は腕は確かだったがどこかぼんやりした男で、ヴィンセントを拾ったくせに特に声をかけたり世話を焼いたりするそぶりはなかった。

それでも寝床《ねどこ》と食事がある生活は外よりずっとましだった。

このまま日陰《ひかげ》の身で生きていくのも悪くない、そう思っていたのに。

「お前、私の犬になりなさい！」

はじめてレティーシャと会った日のことをヴィンセントは今でもはっきりと覚えている。

光の中から出てきたようにまばゆい少女がヴィンセントの名を呼び、手を差し伸べたのだ。

「ヴィンセント、ねぇ、聞いているのヴィンセント」

「今すぐお菓子とミルクを持ってきて」

「ねぇねぇヴィンセント。このお野菜をあげるわ。すぐに食べるのよ。ほら」

怒ったり笑ったり甘えたりと、レティーシャはくるくると表情を変えながらヴィンセントを呼んだ。

それがヴィンセントにとってどれほど嬉《うれ》しいことだったか、レティーシャは知らないだろう。

一日中と言っても過言ではないほどに振り回される生活は大変だったが、それでもヴィンセントは幸せだった。

これまでの孤独が嘘《うそ》のように満たされて、自分は必要とされているのだという喜びで胸がいっぱいだった。

何より、レティーシャの笑顔はかわいかった。

どんなお願いだって叶《かな》えてあげたくなるほどに眩《まぶ》しかった。

確かに手がかかることも多かったが、それは自らの心に正直なだけだ。

我儘《わがまま》で癇癪《かんしゃく》持ちのようであっても、レティーシャは人を本気で傷つけるようなことはしないし、ちゃんと感謝もできて謝れるいい子だった。

一度だけヴィンセントがレティーシャのせいで怪我《けが》をしたことがあった。

風で飛ばされたリボンが木の枝に引っかかってしまったのを取ってこいと命令され、ヴィンセントはそれに従った。

だがうっかり枝で腕に傷を負ってしまった。

痛みは大したことなかったが、レティーシャはショックだったのだろう。

「大変!!　ヴィンセント、大丈夫？　痛いよね？　ごめんね」

瞳《ひとみ》いっぱいに涙を浮かべ心配してくれる姿に、心が震えた。

こんなにも愛《いと》しいと思える存在がこの世にいるだなんてヴィンセントは信じられなかった。

「大丈夫ですよお嬢様」

「ほんと？　怒ってない？」

大丈夫だと首を振れば、レティーシャはほっとしたように頬《ほお》を緩《ゆる》ませた。

その後も治療を受けている間、レティーシャはヴィンセントの傍《そば》から離れようとしなかった。

使用人用の粗末《そまつ》なベッドにまで付き添ってきて、眠るまで傍にいてあげると言いながら、結局は先に寝落ちしてしまった小さなレティーシャ。

（ああ、俺はこの人に会うために生まれてきたんだ）

一生をかけて守ろうと、ヴィンセントはその瞬間に心に決めた。

周りはレティーシャに振り回されている状況に同情的だったが、ヴィンセントにしてみれば幸せ以外のなにものでもなかった。

生まれ育った家ではヴィンセントは空気であり邪魔者だった。

命すら狙《ねら》われ、泥《どろ》にまみれて生きるしかないと思っていたのに。

レティーシャはヴィンセントを必要としてくれた、名前を呼んでくれた、心配してくれた。

もうそれだけで十分だったのだ。

レティーシャの家が没落《ぼつらく》し、それまでとは比べものにならない質素な生活を送らなければならなくなった時も、ヴィンセントは躊躇《ためら》わずに傍《そば》にいることを選んだ。

むしろ外で働き金を稼《かせ》ぐことで役に立てるとさえ思っていたくらいだ。

生活の変化に耐えきれない様子のレティーシャは荒れていたが、どんな暴言を吐かれてもヴィンセントは平気だった。

それなのに。

「私は親戚《しんせき》の家に引き取られることになったの。誰も連れて行けないっていうからあなたともお別れよ。これは今日までの御礼」

差し出されたのは宝石の付いたネックレスだった。

見間違えるはずもない。

それはレティーシャの母親の形見《かたみ》だった。

どうして別れを告げられているのか、何故《なぜ》形見を自分に渡そうとしているのか。

ヴィンセントは理解できず、いやいやと子どものように首を振った。

「いいから受け取りなさい。最後くらいは主人らしく振る舞わせなさいよ」

そう言ってネックレスを無理に握らせようとしてくるレティーシャに酷《ひど》く腹が立った。

こんなもののひとつで自分を手放すのかと。

「こんなものいらない！　お嬢様の嘘《うそ》つき！　ずっと傍に置いてくれるって言ったのに」

生まれて初めて声を荒らげた。

絶対に嫌だと地団駄《じだんだ》を踏んで感情をあらわにした。

レティーシャの傍を離れたくない。どんな形でも傍にいたい。

（こんなに好きなのに！）

別れを告げられてようやくヴィンセントは自分がレティーシャに抱いている感情が、主《あるじ》に向けた敬愛などではなく、恋慕《れんぼ》だったことに気がついた。

レティーシャのことが大好きで、ずっと傍にいたくて守ってあげたかったのだと自覚した。

気持ちを告げて連れて行ってもらおう。

お金も物もいらない。

レティーシャの傍にいられるなら何だっていい。

そう、追いすがろうとしたが遅かった。

「うるさいわね！　犬のくせに私に逆らわないでよ！　どっか行っちゃえ!!」

レティーシャはヴィンセントにネックレスを投げつけると、その場から走り去っていってしまったのだ。

拒絶《きょぜつ》の言葉を浴びせられた衝撃で足が震えて動けなかった。

かろうじて「捨てないでお嬢様」と叫んだが、レティーシャは聞こえなかったのか振り返りもしなかった。

ようやく我に返ってネックレスを拾い、追いかけた時には、すべてが終わったあとだった。

「お嬢様は、借金の形《かた》に売られるんだ。それで俺たちに餞別《せんべつ》をくれたんだよ」

世界が終わる音というのを、ヴィンセントは確かに聞いた。

(お嬢様が売られた?)

ヴィンセントがずっと傍《そば》で守り続けた愛《いと》しくてかわいいレティーシャが、誰かに奪われる。

現実を受け止めきれず、ヴィンセントは声の限り叫び、泣いた。

捨てられた悲しみ、連れて行ってもらえなかった怒り、もう会えないという絶望。

全部がない交《ま》ぜになり、ヴィンセントの心をずたずたにした。

なんとかもう一度会いたいと行方《ゆくえ》を追ったが、何の力もない子どもには何もできなかった。

(絶対に見つけ出す。お嬢様は俺だけのものだ)

どんな形になっていてもレティーシャを取り戻すことをヴィンセントは人生の目標にした。

だから一度は捨てた家に戻ることにしたのだ。

着の身着のままガーデン家に辿《たど》り着いた俺は、名前を名乗り家に入れろと迫った。

門番や使用人たちは最初、ヴィンセントのことがわからなかったようだったが、目の前で魔法を使ってみせたらすぐに信じたらしく、屋敷に長く仕《つか》えている執事《しつじ》を連れてきた。

「ああ、よくぞお戻りに」

執事はヴィンセントを覚えており、大喜びで招き入れてくれた。

待っていたのは、義母と弟だ。

「何だお前。勝手に屋敷に入ってくるな。汚いやつだな」

弟は薄汚れた服を着たヴィンセントが誰がわからなかったらしく、汚らわしいものを見る目で睨《にら》みつけていた。

横にいる義母に至《いた》っては執事に「ゴミを屋敷に入れるなんて」と怒鳴りつけている。

「俺はヴィンセントだ。自分の家に帰ってきて何が悪い」

そう告げた瞬間、義母の顔が醜《みにく》く歪《ゆが》んだのを覚えている。

「嘘《うそ》よ！」

「そうだ、お前が俺の兄だと！　ありえないだろう！」

喚《わめ》く義母と弟を無視し、俺は父のいる執務室に向かった。

幼い頃から数えるほどしか顔を合わせてこなかった父は、戻ってきたヴィンセントを見てこぼれんばかりに目を見開いた。

「ヴィンセント、なのか？」

最後の記憶よりもずいぶんと老けた父の顔はやつれきっていた。

義母と弟は何の苦労もしていないような顔をしていたのに、どうしたことだろうか。

「そうか、生きていたのか」

噛《か》みしめるように呟《つぶや》いた父が俺に手を伸ばそうとしたところに、義母と弟が乗り込んできた。


「あなた。その子は偽者《にせもの》に違いありません。ヴィンセントはもう死んだのですよ」

「そうだ。僕は認めないぞ。ソイツをつまみ出せ！」

義母たちに命じられ、使用人たちが困惑《こんわく》したように動く。

だが、それを止めたのは他の誰でもない父だった。

「やめなさい。この子はヴィンセントだ」

「あなた！」

「父上！」

「私はこの子に話がある。お前たちは出て行きなさい」

信じられないと叫ぶ義母たちを下がらせると、父はヴィンセントを椅子《いす》に座らせた。

「今までどうしていた。何故《なぜ》姿を消した」

「とある人の世話になっていました。家を出たのは、あの女に殺されそうになったからです」

あの女という言葉に父は顔を歪《ゆが》め、それから長い溜息《ためいき》を吐いた。

「そうか」

短い返事であったが、きっとすべてを悟ったのだろう。

「すまなかったヴィンセント。私が、愚《おろ》かだったせいだ……」

そうして父はヴィンセントにすべてを教えてくれた。

高位の貴族は己《おのれ》の魔力を鎮《しず》めるために巫子《みこ》をつがいにすること。

その巫子が産んだ子だけが、跡継ぎとして認められること。

「お前の母は私のつがいだ。彼女は神殿で最も美しいとされた巫子だった。お前は彼女にうり二つなんだ」

絞り出すようにそう告げた父の表情は苦しみに満ちていた。

「私たちは制度によって結ばれた夫婦だったが、私は彼女を愛していた。なのに彼女は死んでしまった……お前のせいで」

ぎゅうっと心臓が絞られるような痛みを覚えた。

ヴィンセントを産んだせいで死んだ母。

父は母を愛していたがゆえにヴィンセントを避け続けていたのだと、ようやくわかった。

「お前がいなくなって、私はようやく目が覚めたんだ。お前は彼女が命がけで産んだ命だった。私は彼女のためにもお前を大切にすべきだった。そんなことにも気がつかなかった私は愚かだった」

家を離れていた六年、きっと父も苦しんだのだろう。

愛する人を失い絶望した気持ちはわかる。

だが許す理由にはならない。

「謝罪は受け入れます。だが、俺はもうあなたを親とは思えない」

ヴィンセントが埋めてほしかった心の隙間《すきま》はすでにレティーシャでいっぱいだ。

今更《いまさら》、家族にすがろうなんて思えない。

「わかっている。父と呼んでほしいなどと身勝手を言うつもりはない。これからはお前の好きにするといい。私はそれを最大限助けよう。彼女への償《つぐな》いだ」

父は言葉通り、まるで人が変わったようにヴィンセントに協力的になった。

最高の教育を受けられるように手配し、屋敷に部屋を整え、従順な使用人をつけてくれた。

それに取り乱したのは義母だ。

「どうしてあの子を信じるのですか！　偽者《にせもの》かもしれないし、これまでどんな生活をしていたかわからないのですよ！」

「あの子は私の息子だ。教育を施《ほどこ》すのは当然だろう。これまで苦労したんだ、あの子には最高のものを与えてやりたい」

きっぱりと言い切られ、義母は衝撃を受けたように固まっていた。

弟は突然現れたヴィンセントを自分の居場所を脅《おびや》かす敵だと判断したのだろう。

顔を合わせる度に暴言を吐き、父の目の届かぬところでものを盗んだり壊したりと嫌がらせを繰り返してきた。

義母と結託《けったく》して恥を掻《か》かせようとしたのか、社交の場で孤立させるために「あれは行方《ゆくえ》不明の間に汚い仕事をしていた」と言いふらしたり「気に食わなければ暴力を振るう危険な人間だ」と根も葉もない噂《うわさ》を流されたこともあった。

だがヴィンセントはそれらすべてを無視した。

嫌がらせなど些細《ささい》なことだったたし、レティーシャ以外の誰にどう思われようがどうでもいい。

平然としているのが気に食わなかったのか、彼らはとうとう実力行使に出てきた。

屋敷に刺客《しかく》を招き入れヴィンセントを殺そうとしたのだ。

だが並の刺客など、魔法が使えるヴィンセントの敵ではない。

殺さぬように叩《たた》きのめし、家族の目の前で依頼主の口を割らせた。

義母は最後まで違うと叫んでいたが、それが嘘《うそ》なのは誰の目から見てもあきらかだった。

「あれは私と共に領地の別邸に住わせる。二度とお前には会わせない」

てっきり離縁して処分するかと思ったのに、父にも思うところがあったのだろう。

父はヴィンセントに家督《かとく》を譲《ゆず》ると、義母を連れて隠居《いんきょ》してしまった。

弟も暗殺に加担したことを理由に公爵家の籍から抜かれ、どこか遠縁の下位貴族の家に養子に出された。

使用人の多くも、ヴィンセントの力を恐れたのか大半が逃げるように辞めていった。

ヴィンセントに残ったのは、レティーシャへの恋慕《れんぼ》だけだ。

「お嬢様……どうかご無事で」

ずっとレティーシャの行方《ゆくえ》を捜していたが、有力な情報は集まらなかった。

借金取りたちはどうやら娼婦《しょうふ》を斡旋《あっせん》する協会に行ったようだが、そこから先は何もわからないままで。

「くそっ」

焦《あせ》りばかりが募《つの》っていった。

レティーシャは売られた時はまだ十二歳の少女。

まともな店ならば商品にはしない。

どの店も年頃になるまで育てて、それから初物《はつもの》を高値で売るのだ。

なんとしてもそれまでに見つけなければと必死だった。

なのに。

「お嬢様……お嬢様……」

レティーシャが十六歳になる年になっても、どこにもそんな娘はいないと言われた。

もしかしたら酷《ひど》い店に売られたのかもしれない。それともろくでもない客に個人的に買われたのかもしれない。

最悪な想像ばかりが頭をかけ巡《めぐ》って、ヴィンセントはどうにかなりそうだった。

そして、それと同時に魔力過多にも悩まされるようになった。

頭が割れるように痛く、呼吸をするだけで身体《からだ》が軋《きし》む。

とにかく魔力を消費したくて魔法を使い続けていたら、腕前を見込まれ王太子の側近《そっきん》に選ばれてしまった。

面倒《めんどう》だったが、権力があればレティーシャを捜しやすいと思い、受け入れた。

(どんな形でもいい。生きてさえいてくれれば俺は、それでいいのに)

『このままではもたない。早くつがいを』という周囲の言葉をヴィンセントは無視し続けた。

レティーシャが見つからないのならば、この先の人生に価値はないのだから。

(まさかこんな形で再会するなんて)

レティーシャを見つけたのは偶然だった。

中央神殿の巫子《みこ》として働く彼女を見た時は、都合のいい幻《まぼろし》を見たのかと思った。

誰に汚されることなく無事だったレティーシャを見た瞬間に感じたのは歓喜だ。

そして同時に言い知れぬ怒りが湧《わ》いた。

昔のような貴族然とした気高さはなく、穏やかな普通の女性として生きる姿が許せなかった。

自分はこんなにも苦しんでいたのに、のうのうと生きていた彼女が憎らしかった。

もちろん、没落《ぼつらく》したとはいえ貴族令嬢だった彼女が神殿の巫子として生活するのは大変なことだったくらいわかっている。

だが、納得できない己《おのれ》の幼さのせいで、半ば強引につがいという関係に持ち込み、決定的な言葉を口にできないまま、ずるずると身体《からだ》だけの関係が続いてしまっていた。

(大事にしたいだけなのに、どうして俺はいつも駄目なんだ)

レティーシャがヴィンセントを疎《うと》んでいることくらいわかっている。

かつての使用人に組み敷かれるなど、彼女にしてみれば屈辱《くつじょく》以外の何ものでもないだろう。

強引な態度をとっているヴィンセントは嫌われているだろうし、失望されているだろう。

それでも、レティーシャを手放すなんてことはできない。

だから高圧的な態度をとって彼女の反論を封じることしかできない。

神殿に帰りたいなどと言われた日には、愛《いと》しさあまって殺してしまうかもしれない。

組み敷いて身体から籠絡《ろうらく》しようとしている自覚はある。

叶《かな》うならば昔のように、真《ま》っ直《す》ぐな感情を見せてほしいと思うのに、どうすればいいのかわからない。

素直になるためのきっかけが見つけられないままずるずると時間ばかりが過ぎていく。

せめてレティーシャをもう少し自由に過ごさせることができるようになれば、距離も縮められるだろうが、今はどうしても難しかった。

(早く解決しなければ)

再び手元の書類に目を向けたヴィンセントは、そこに書かれた文字を見つめながら奥歯をすりあわせたのだった。

四章　隠しごととすれ違い

ヴィンセントの怒りに触れてしまったその日から、レティーシャの行動範囲はぐっと狭まった。

以前は屋敷の中であれば自由に動けたが、今では部屋から出ることもままならない。

使用人が同行していれば食堂や図書室などには行けるが、長時間は許されない。

夜になれば帰ってきたヴィンセントがこちらの体力を根こそぎ奪う勢いで抱き潰《つぶ》しにかかってくる。

昨晩など膝《ひざ》に抱えられたまま一晩中責めたてられ、目が覚めた時には立って歩くことさえままならなかった。

話をしようにも、口を開けば睨《にら》みつけられ、喋《しゃべ》れば口づけされてしまうという有様《ありさま》。

(何が駄目だったのかしら)

部屋の中で書類と睨めっこをしながら、レティーシャは深く溜息《ためいき》を吐く。

もともとの暮らしも室内が中心だったので不便はないが、動ける範囲が狭いうえに監視されているような状況はどうにも息苦しい。

使用人たちの様子もどこかぎこちない。

あの日、ヴィンセントに散々貪《むさぼ》られ動けなくなったレティーシャにメイドが泣きながら謝罪しに来た。

客人がいくらごねたからといってレティーシャを連れ出すべきではなかったと。

会うと決めたのはレティーシャ自身だから気にしなくていいと言ったのだが、メイドはとても落ち込んでいた。

他の使用人たちも一様《いちよう》に気落ちしていたのを考えると、おそらくヴィンセントから叱責《しっせき》を受けたのだろう。

（まあ、恋人と引き合わせちゃったんだものね）

レティーシャ自身はそこまで気にしていないのだが、ヴィンセントの態度はあれからどこかぎこちない。

だというのに相変わらず夜になればレティーシャのもとにやってくるのだ。

『お嬢様……お嬢様……』

聞いているこちらが苦しくなるほどの切なそうな声で呼ばれる度、レティーシャは自分が悪いことをしているような気持ちに苛《さいな》まれていた。

（早く解放してあげないといけないわよね）

きっとヴィンセントは、レティーシャを抱かねばならない状況に苦しんでいるのだ。

心はミーガンにあるのに、魔力を安定させ子を成すためには憎いレティーシャに触れなければばならない。

もし自分が同じ立場なら、辛《つら》くてたまらないだろう。

(ヴィンセントもどうしてわざわざ私を選んでしまったのかしら)

彼のつがいがレティーシャでなければ、ヴィンセントはもっと心穏やかだったろうに。

(今からでも私以外の巫子《みこ》をつがいにしたりはできないのかしら)

そう考えた瞬間、何故《なぜ》か心が妙にざわめく。

(……?)

どうも胸のあたりが妙に苦しく、むかむかとしたものがこみ上げてきた。

胸をさすりながら首を捻《ひね》っていると一人のメイドが神妙な表情をしてレティーシャに近づいてきた。

「奥様、どうしましたか?」

「なんだか胸のあたりが……」

そう告げるとメイドだけではなく他の使用人たちがざわめきだす。

何ごとだろうかと怯《おび》えていると、執事《しつじ》の一人が「早く医者を」と声を上げた。

「えっ、医者? そんな大事《おおごと》にしなくても……」

「いいえ奥様。こういったことは早く決着させておくべきなのです」

もしかして悪い病気と思われているのだろうかとレティーシャが青ざめていると、何故か本当にベッドに寝かされてしまった。

周囲があまりにも当たり前のようにレティーシャを重病人のように扱うものだから、なんだか本当に具合が悪いような気さえしてくる。

半刻《はんとき》ほどで駆けつけた医師は、上品な初老の紳士だった。

人好きしそうな笑みを浮かべた医師はレティーシャの脈を取ったり、口の中を触診したりしながら様子を確かめてきた。

「ふむ……ちょっとした疲労でしょうな」

「えっ？」

告げられた診断名にレティーシャは拍子《ひょうし》抜《ぬ》けして目を丸くした。

メイドたちもざわわしている。

「でも、私、何か悪い病気とかでは」

「疲れは溜《た》まっているようですが、健康体です。ですから、どうぞ気落ちせず。まだお若いのですから、これからも機会はありますよ」

「はぁ……？」

まるで諭《さと》すように告げられ、レティーシャは首を傾《かし》げた。

労《いたわ》るような口調や周囲の戸惑《とまど》いに、彼らがいったい何を懸念《けねん》しているのか測りかねていた。

（若い？　また機会はある？）

「もし不安ならば薬草茶を処方しておきましょう。よく眠れますし、体温を高める効果がありますから、子もできやすくなるでしょう」

「！」

そこでようやくレティーシャは何故《なぜ》メイドたちが医者を呼びつけたかに気がついた。

（こ、子どもができたと思われてたのね！）

確かにレティーシャの症状はよく聞く妊娠初期の女性にありがちなものだ。

落ち込んだり胸焼けがしたり。

あれだけ毎晩励《はげ》んでいるのだから周囲が誤解してもしょうがないだろう。

というか、自分でその可能性に思い至《いた》らなかったことが気まずい。

医者が帰ると世話役のメイドは早速《さっそく》薬草茶を持ってきてくれた。薬草と聞いて苦いものを想像していたが、優しい香りとさっぱりとした味わいで毎日でも飲めそうだ。

「すみません、奥様」

「どうしてあなたが謝るの？」

「だって……奥様はずっとお子様を欲しがっていたのに、こんなぬか喜びさせるような真似《まね》をしてしまって」

「ええと……」

そんなに子どもを欲しがってるようなそぶりを見せていただろうかとレティーシャは考え

る。

確かに早く子どもを産んでヴィンセントを解放してあげないととは思っていたが、自分ではあまり意識していなかった。

「よくお腹《なか》を撫《な》でられていたじゃありませんか」

指摘《してき》されてそういえばと思い至る。

確かに何かといえばお腹を撫でていたような気がする。

無意識の行動だったが、周囲には子どもを欲しがっているように見えたのだろう。

「大丈夫よ。確かに早く子どもは欲しいけれど、これぱかりは授かりものだからね。ただ、ヴィンセント様がどう思うか……」

自分の気持ちと、公爵としての役目と、復讐心《ふくしゅうしん》でがんじがらめになっているに違いない。

一刻も早く解放してあげたいのに、と。

「ねぇ、お願いがあるのだけれど」

「何でしょうか？」

「今日のことはヴィンセント様には秘密にしておいてほしいの」

「でも……」

「ヴィンセント様も知ったら落ち込むと思うの。私は病気ではなかったんだし、知らせないでいてくれないかしら？」

ただでさえ苦しんでいるヴィンセントにこれ以上の重荷を背負わせたくはない。

いつかは子どももできるだろう。

「わかりました。奥様もどうか気に病《や》まないでくださいね」

使用人たちの気遣《きづか》いに頷《うなず》きながらも、レティーシャはほっと息を吐いたのだった。

「ええ」

その日の夕方。

帰宅したヴィンセントと一緒に夕食を食べていると、窺《うかが》うような視線を感じた。

（まさか昼間の件を知ったのかしら？　それにしては何か様子がおかしいような？）

その表情はかつてヴィンセントが使用人だった頃、レティーシャからの頼みごとを叶《かな》えられず謝ろうとしている時のものによく似ていた。

放っておいてもよいのだが、どうにも落ち着かない。

「どうかなさいましたか？」

諦《あきら》めて声をかければ、ヴィンセントがびくりと身体《からだ》を震わせた。

かつてのヴィンセントのような仕草《しぐさ》に、レティーシャのほうがいたたまれなくなってくる。

「……あとで話があります。食後に書斎《しょさい》に来ていただけますか」

「書斎、ですか？」

「ええ」

普段、どんな話も寝室でするのにわざわざ書斎に呼び出すとは何ごとだろうか。

不安に思いながらも逆らう理由はないのでレティーシャは大人しく頷いた。

味のしない夕食を終えたあと、先に戻ったヴィンセントを追うようにして書斎に向かう。

ヴィンセントは書斎の机に座ってレティーシャを待っていた。

これから教師に叱《しか》られる生徒のような気分になりながら、レティーシャは机を挟んでヴィンセントの前に立つ。

「お話とは何でしょうか？」

もし昼間の話を知ったのならば、子どもができていないことや隠しごとをしたことをなじられるのかもしれない。

どちらにしても楽しい時間にはならないだろうと思って待っていると、ヴィンセントがおもむろに一通の封筒を差し出してきた。

「これは……？」

「神殿からあなたに届いた手紙です」

想像もしていなかった展開にレティーシャは大きく目を瞬《しばた》かせる。

巫子《みこ》はつがいに選ばれたあとは神殿と縁が切れると聞いている。どうして今になって手紙が届くのだろうか。

様子を聞くにしても微妙な時期だ。

「申し訳ないが中身はすでに検《あらた》めさせてもらっています」

「そうなんですね。なんと書いてありましたか？」

「……怒らないのですか？」

「ええ。彼らが私に個人的な手紙を送ってくるとは思えませんし」

養育してもらった恩義はあるが、個人的な思い入れなど何もない。

神殿側も同じだろう。

だというのに手紙を送ってきたということは、形式的なものか、事務的な問い合わせに違いない。

「なるほど。あなたは本当に神殿に執着していないようだ」

「まあ……巫子《みこ》になったのが他のみなさんと違ってだいぶあとになってからでしたし」

「そうですか」

先ほどまでの重苦しい表情から一変し、ヴィンセントはどこか安堵《あんど》したように頷《うなず》いた。

そして封筒から便箋《びんせん》を取り出して中身を見せてくれた。

「ええと……ん？」

書かれている文字を目で追ったレティーシャは、その内容の不可解さに首を捻《ひね》る。

「面会、ですか」

「ああ。神殿側が君に面会を求めています。聞きたいことがあると」

「聞きたいことって……」

「心当たりは？」

「いえまったく」

レティーシャには思い当たることは何もない。

困惑《こんわく》していると、ヴィンセントはわずかに考え込む。

「あなたの様子を確認したいというのが表向きの理由ですが、その点はどう思いますか」

「う、うーん」

考えてみるが何ひとつ思い当たらない。

もともと神殿の人たちとは縁が薄いのだ。会いに来られたところで何を話せばいいのか。

「親しくしていた人物などはいないのですか」

「いませんね。私は嫌われていましたから」

「今なんと？」

ヴィンセントが目を細めた。

「お嬢様を嫌っていた？　誰が？　どのように？　まさか虐《しいた》げられていたわけではありませんよね？」

「ひぃ」

突然グイグイと近寄ってきたヴィンセントの瞳《ひとみ》からは光が消えている。

何故《なぜ》か腰の剣に手が伸びているのはどういうことだろうか。

レティーシャは慌《あわ》てて両手を振る。

「ちがいますちがいます。私は途中から神殿に入ったので、外界で育った経験があるからと他の巫子《みこ》たちから遠巻きにされていたというか、雑用係としてちょうどよかったというか」

「…………は？」

低い声に慌てて口を噤《つぐ》み目を逸《そ》らす。

嘘《うそ》は言っていない。確かにちょっとした嫌がらせはされたが、レティーシャが貴族時代してきたことを考えれば些細《ささい》なものだ。

しばらく睨《にら》まれていたが、これ以上追及しても無理と悟ったのかヴィンセントがはぁと短く息を吐いた。

「………とにかく、これは正式なものです。俺であっても断れません」

「ですよね」

神殿は政治的な権限はもたないが、巫子を育成しているという立場から貴族に対する影響力は強い。

正式な面会を求められれば誰も断れないだろう。

面倒《めんどう》だが受け入れるしかないことくらいレティーシャにもわかる。

「私はいつでも構いませんので、あちらのご都合で来ていただいて大丈夫ですよ」

先延ばしにしても仕方ないし、やるならば早く終わらせるに越したことはない。

「わかりました。俺が同席できる日をあちらに知らせておきます」

「えっ？　同席するんですか」

驚いて声を上げれば、ヴィンセントが思い切り顔をしかめた。

「俺が同席しては不都合でも？」

「めっそうもない!!　でもヴィンセント様はお忙しいのでは……」

毎日朝早くに城に出かけ、夕食に間に合わないことも多々あるというのに、いつ時間を作るのだろうか。

「時間は作ればいいんです。同席はします、これは決定事項です」

「はあ」

反対する理由はないので素直に頷《うなず》いても、ヴィンセントがまだ険しい視線を向けてくる。

（あ、もしかして私がヴィンセントとの過去を神殿に暴露《ばくろ》するって思われているとか？）

ヴィンセントは自分が行方《ゆくえ》をくらませていた期間の出来事を隠している節《ふし》がある。

政治的にも本人のプライド的にも知られたくない過去なのは当然だ。

「そんなに心配しなくても、私たちのことを誰かに話はしませんよ」

信用されていないのか、ヴィンセントは鋭い視線を向けてくる。

（うう、こわいよう）

無言の時間が流れる。

まだ何かあるのだろうかと身構えていると、彼はおもむろに立ち上がりレティーシャに近づいてきた。

「お嬢様」

手が伸びてきてレティーシャの頰《ほお》を撫《な》でる。

「顔色が悪い。どこか具合が悪いのではないですか?」

目の下を親指で労《いたわ》るように撫でられ、じわりと頰が熱を持つ。

「いえ、そんなことは……」

医者を呼ばれたことを思い出し言葉を詰まらせ視線を逸《そ》らせば、短い溜息《ためいき》が聞こえた。

「お嬢様は嘘《うそ》を吐く時必ず右下を向く癖《くせ》があることを自覚していらっしゃらないようだ」

「きゃっ!」

ぐいっと腰を引かれ、レティーシャはヴィンセントの胸に身体《からだ》を預ける体勢になってしまう。

広い手のひらが後頭部を優しく包んで離さない。

「ヴィンセント?」

何故《なぜ》か黙り込んでしまったヴィンセントに、レティーシャはおずおずと呼びかける。

「……お願いですから、俺をこれ以上困らせないでください」

絞り出すような声に胸が締めつけられた。

自分がどれほどヴィンセントを苦しめているのかという現実を突きつけられた気分だった。

「ごめんなさい。そんなつもりじゃなくて……」

「そう、ですか………でも……か？」

（何？）

頭を押さえられているせいで、後半は何を言っているのか聞き取れなかった。

首を動かして上を見ようとするが、頭を包むの手のひらはびくともしなかった。

てっきり寝室に連れ込まれるかと思ったが、しばらくしたらあっけないほどに解放された。

まだやらなければならない仕事があるそうで、レティーシャはそのまま自室へと戻される。

（なんだか落ち着かないわ）

子どもができていなかったという事実を隠している後ろめたさもあるのだろうが、それ以上にヴィンセントの手つきが妙に優しかったことが、心をざわめかせていた。

それに神殿からの面会を求める手紙というのも気になる。

（今更《いまさら》何なのかしら）

近況を確かめるだけならば手紙だけでも十分だろうに。

なんだか嫌な予感がすると思いながら、レティーシャはベッドに潜り込みきつく目を閉じたのだった。

＊＊＊

手紙が届いてから数日後。ガーデン家に神殿からの使者がやってきた。

応接間で彼らを出迎えたレティーシャは、なんともいえない居心地《いごこち》の悪さを噛《か》みしめていた。

「ありがとうございますパウロ司祭。それにノエルも」

「久しいですね、レティーシャ。元気そうで何よりです」

（うう、同席するって言ったのに）

「…………」

向かいのソファに座るのは、パウロとノエルだった。

パウロは相変わらず顔の半分を白い仮面で隠している。違うのは、神殿では下ろしたままだった灰色《はいいろ》の髪を、かつてのレティーシャのように後ろでひとつに結んでいることくらいだろう。

片やノエルのほうはずいぶんと様子が違う。

神殿では真っ白な巫子《みこ》服に身を包んでいたというのに、今は優雅な金髪を美しく結《ゆ》い上げ、淡いピンク色のドレスを着ていた。

浮き世離れした雰囲気《ふんいき》と整った顔立ちも相まって、深窓の貴族令嬢という感じだ。

（パウロ司祭はわかるけど、どうしてノエルが？）

聞きたいことはたくさんあったが、レティーシャはぐっとこらえて口を引き結ぶ。

「今日はガーデン公爵も同席されると伺《うかが》っていたのですが、お姿が見えないようですが？」

「ヴィ……夫は仕事で少し遅れると連絡がありました。こちらから同席をお願いしていたのにすみません」

その知らせが届いたのは、二人が到着する直前だった。

面会は午後からということで、朝に少しだけだからと仕事に出かけたヴィンセントがなかなか戻ってこなかったのだ。

約束の時間がもうすぐだというのに帰ってこないことに慌《あわ》てていると「急な仕事が入った。少し遅れる。余計なことは言わないように」との知らせが届いたのだ。

余計なこととは何のことかと思いながらも、レティーシャは仕方なく一人で二人と相対していた。

しかも神殿からの使いであることを笠《かさ》に着て、使用人の同席すら禁じられてしまっている。

一応、扉の向こうにはメイドや執事《しつじ》たちが控《ひか》えてくれているが、味方が誰もいない状況というのはなかなかに居心地が悪い。

「いえいえ、急な予定は誰しもあるものですから」

「本当にご迷惑を……」

「話を聞きたいのはあなただけでしたから気にしないでください」

ふっと口元で微笑《ほほえ》んだパウロにレティーシャは曖昧《あいまい》な笑みを返す。

ノエルは先ほどから何が気に食わないのか黙ったままじっとこちらを睨《にら》みつけている。

(何なのよ……)

げんなりしつつも、レティーシャは背筋を伸ばす。

ヴィンセントがいないならいないなりに、さっさと話を終わらせてしまいたい。

これ以上、彼の負担を増やしたくないのだから。

「私に話とはなんでしょうか? つがいになった巫子《みこ》に話を聞きに行く、というのは初めて聞いたのですが」

「そうですね。巫子からの求めがあって神殿が動くことはありますが、こちらから、というのはあまり例がないことです」

「だったら何故《なぜ》……」

「実はガーデン公爵のつがいはこのノエルだったのですよ。あなたが選ばれたのは手違いだったのです」

告げられた言葉の意味が理解できず、レティーシャは動きを止めた。

数秒間呼吸も忘れて固まったあと、ようやく絞り出せたのは掠《かす》れた声だった。

「…………は？　そんな」

わけない、と言いかけてレティーシャは慌《あわ》てて口を噤《つぐ》む。

ヴィンセントが復讐《ふくしゅう》したいという私情からレティーシャをつがいに選んだことは公言するべきではないだろう。

（パウロ司祭は何を言ってるの？）

手違いではないことはレティーシャが一番よく知っている。

ヴィンセントは復讐のためにわざわざレティーシャをつがいに選んだのに、本当はノエルだったなどと言われても筋が通らない。

「どうして手違いだとわかったのですか？」

冷静に問いかければ、パウロがわずかに目を細めた。

「つがいがどのようにして選ばれるかはご存じですか？」

「確か、つがいを必要とする貴族から提示された条件に当てはまる巫子を、神官が選ぶんでしたよね」

「そうです。ガーデン公爵の希望は『榛色《はしばみいろ》の目をした十八歳』でした。当時、神殿にいた十八歳の巫子で榛色の瞳《ひとみ》を持っていたのはあなただけでした」

あからさますぎる条件に顔をしかめたくなるが、なんとか平静を保つ。

「でしたら問題ないのでは？」

「私もそう思っていました。ですが、あとから書類を調べたところ、瞳《ひとみ》の色は榛《はしばみいろ》色限定ではなく『またはヘーゼル色』と書いてあったのです」

「ヘーゼル……」

「つまりはこのノエルもガーデン公爵が求めた条件に一致する巫子《みこ》なのです。むしろ神殿で育った、ノエルこそがつがいとして相応《ふさわ》しいのは明白です」

あまりにも無茶苦茶な理屈にレティーシャは溜息《ためいき》を吐きたくなった。

確かに条件だけならばノエルでも問題なかったのは事実だろう。

だが、神殿で育ったというだけで本当はノエルがつがいだったなどという話が通るだろうか。

「夫はすでに私をつがいとして扱っています。今更《いまさら》手違いだったと言われても、納得するとは思えません」

「問題ないわ。公爵様も私を見ればすぐに気持ちを変えてくださるはずよ」

ノエルを見ればヘーゼル色と言えなくはない瞳が、好戦的に輝いていた。

「問題ないって……あなたね」

「レティーシャ。外れ巫子だというのに今日までよく頑張ってくれたわ。これからは私がこの家の女主人としてやっていくから安心してちょうだい」

もう今からでもレティーシャと入れ替わるつもりらしいノエルの態度に、レティーシャはこ

めかみを押さえる。

(なるほど。妙に着飾っていると思ったら、そういうことだったのね)

パウロとノエルはヴィンセントに直談判《じかだんぱん》するつもりだったのだろう。

確かに見た目だけならばノエルはレティーシャとは比べものにならないほどに美しい。

ヴィンセントが役目を果たすだけの相手としてつがいを求めていたのならば、乗り換えられていただろう。

だが彼の目的は復讐《ふくしゅう》だ。

ヴィンセントはずっとレティーシャを捜していたと言っていたのを考えれば、神殿にレティーシャの容姿の特徴を伝えたのかもしれない。

(へーゼルはお母様の色だわ。成長で目の色が変わった時のことを考えて条件を足したのね)

まさかそれがこんな形で仇《あだ》になるとは思わなかっただろうに。

(でも、もしこれで私とノエルが入れ替わったら、彼は少しは楽になるのかしら)

復讐のためとはいえ、愛する相手がいるなかで憎いレティーシャを抱かなくても済むだろうし、いずれ生まれてくる我が子を素直にかわいがれるのかもしれない。

何よりノエルの雰囲気《ふんいき》はどことなくミーガンに似ている。

生まれてくる子どもが母親似になる可能性を考えれば、ヴィンセントのつがいはノエルの方が相応《ふさわ》しい気がしてくる。

（でも……）

もしそれを勝手に受け入れてしまったら、ヴィンセントはまたレティーシャを恨むだろう。

復讐を止《や》めてほしいのは本音だが、レティーシャが勝手に終わりを決めていいわけがない。

ヴィンセントの気持ちはヴィンセントのものだ。

「お断りします。決めるのは夫です。私だけでは決められません」

冷静に告げれば、ノエルが美しい眉《まゆ》をきゅっとつりあげる。

パウロは表情こそ変えなかったが、まとう空気が冷たくなった気がした。

「私が代わると言っているのにまだ居座る気なの!?　本当に品のない女ね!!」

甲高《かんだか》い声で叫ばれ、レティーシャは両耳を塞《ふさ》ぎたくなった。

「あなたのような外れ巫子《みこ》がついに選ばれるのがそもそも間違いだったのよ。さっさと神殿に戻りなさい！」

「そうは言われましても、今の私は正式にヴィンセントの妻です。すでに清い身体《からだ》ではありませんので、神殿に戻ることはできません」

「なっ……」

清い身体という言葉にノエルが頬《ほお》を赤らめる。

あからさまに戸惑《とまど》い、視線を左右に動かしたあとレティーシャを睨《にら》みつけてきた。

「汚らわしい！」

「そんなことを言われましても、それがつがいの役目ですから。パウロ司祭。私が神殿に戻れないことはわかっていらっしゃいますよね？　それに、簡単に取り替えなどできないことも」

司祭であるパウロは、つがいがどんな役目を負っているのかは知っているだろう。

「それを承知の上で言っているのですよ、レティーシャ」

「は？」

「レティーシャ。あなたは聖女の加護を必要としない護符《ごふ》を売っているそうですね。おかげで神殿に献金に来る信徒がめっきり減ってしまったのです」

「……！」

困ったと言いながら首を横に振る。

仮面の奥の瞳《ひとみ》がじとりとレティーシャを見据《みす》えた。

「怒っているわけではないのです。あなたのやったことは何の違法性もない。むしろ、護符の価値に気がつかなかった神殿の落ち度です」

柔らかな口調なのに、ひたひたとした恐ろしさを感じレティーシャは喉《のど》を鳴らす。

「あなたの着眼点は素晴らしい。ぜひ、神殿でその手腕を振るってください。巫子《みこ》としてではなく、女性初の神官として神殿の発展のために力を貸してほしいのです」

（なるほど。私のやっていることがお金になると知って利用したくなったのね。前は鼻で笑ってたくせに）

浅ましさに腹が立ってくる。

「女性初の神官とは大きく出ましたね。実際には私に何をしろというのですか？」

「神殿に戻った暁《あかつき》には今の俗物《ぞくぶつ》的な店は閉め、すべての権利を神殿に委《ゆだ》ねていただきたい」

「無理です。あの店はガーデン家の私財で運営されています。私の意志だけではどうにもなりません」

「お前は馬鹿《ばか》なの？　これからは私がガーデン家の夫人になるのだから、そんなこと簡単よ」

「そうですよ、レティーシャ。すべてはあなたが頷《うなず》くだけで解決するのです」

小馬鹿にしたように笑うノエルと、優雅に首を傾《かし》げるパウロ。

彼らにこちらの意見を聞く気はないようだ。

ノエルはレティーシャが従うものと信じているようで、応接間の空気は最悪だった。

「無理ですよ。ヴィンセント様が納得するはずがありません」

「どうしてそう思うのですか？　あなたがつがいでなければならない理由でもあるのですか？」

パウロの質問にレティーシャは視線を逸《そ》らす。

まさか復讐《ふくしゅう》のために選ばれたかつての主《あるじ》だとは言えない。

（帰れと言っても無駄でしょうね。ヴィンセントが帰ってくるまで耐えなきゃいけないの？）

何度か問答を繰り返しても納得する様子のない二人にうんざりした気持ちで肩を落とせば、

何故《なぜ》かパウロが突然立ち上がった。

「それではこちらの話も済んだことですし、そろそろ失礼します」

「えっ、帰るんですか」

持久戦を覚悟していたのにまさかの帰る発言に拍子《ひょうし》抜《ぬ》けして声を上げれば、パウロはにこりと微笑《ほほえ》む。

「ええ。私は、これでお暇《いとま》します」

『私は』という部分を強調され、レティーシャは嫌な予感に身体《からだ》を硬《かた》くした。

座ったままおそるおそるノエルに視線を向ければ、にたりと口の両端をつりあげて不気味に微笑んでいる。

「本当のつがいである私が挨拶《あいさつ》をしないままに帰るわけにはいかないでしょう？」

「み、巫子《みこ》を神殿の外に置いていくつもりですか!?」

「大司祭様の許可は得ています。それでは失礼しますね。ああ、見送りは結構ですから」

「待ってください！」

制止の声を無視してパウロはさっさと応接間から出て行ってしまう。

扉の外で成り行きを見守ってくれていた使用人たちも突然のことに呆気《あっけ》にとられており、すたすたと玄関ホールの方へ歩いて行くパウロを見送っている。

「誰か、彼を……きゃっ！」

パウロを引き留めるために声をかけようとしたレティーシャの腕をノエルが摑《つか》んだ。

「何をするの！」

「お前は私とここにいるのよ。公爵様が帰ってくるまで、勝手はさせないわ」

「勝手って……あなたねぇ……」

どこまでも話の通じないノエルに苛立《いらだ》ちが募《つの》る。

指示が遅れたことで使用人たちも咄嗟《とっさ》に動けず、すでにパウロの気配はない。

なんとかしてノエルも一緒に連れて帰ってもらわなければと思うのに、どこにそんな力があるのか、彼女の身体はびくともしない。

「お前が公爵の妻だなんて絶対に認めないわ！　どうしてお前なのよ。家族と暮らした記憶のあるお前が、どうして……！」

怨嗟《えんさ》の籠《こ》もった声に、レティーシャはノエルが抱える屈折した思いを感じ取る。

ノエルをはじめとした巫子たちは生まれてすぐに神殿に引き取られ、神官たちの手により俗《ぞく》世《せ》から切り離されて育てられるのが慣例だ。

彼女たちはそれを当然として受け止め育ってきたのかと思っていたが、やはり家族と縁を切ったことで何かしらの歪《ゆが》みを抱えていたのかもしれない。

確かにレティーシャには父に慈《いつく》しまれ母に愛された日々の記憶がある。

後悔することも多いが、不幸せだったとは言えない。

ほんの少しだけノエルに対する同情心が生まれるが、だからといって折れてやる理由にはならない。

「それは私が決めることではないわ。とにかく腕を放して」

「いやよ」

「っ！」

爪《つめ》が腕に食い込み、鋭い痛みが走る。

なんとかして引き離そうとするが、その度に爪を立てられ袖《そで》の下の皮膚《ひふ》がぴりっと破けた気がした。ノエルの表情には、どうにかしてレティーシャを苦しめてやろうという嗜虐心《しぎゃくしん》があからさまに浮かんでいる。

一瞬、それがかつての自分に重なってレティーシャは息を呑《の》んだ。

傲慢《ごうまん》で身勝手で相手の気持ちなんか一切考えない存在。

なんて醜悪《しゅうあく》なのだろうと身体《からだ》が冷えた、その時だった。

「何をしている」

響いた声に弾《はじ》かれたように振り返れば、パウロが出て行った時から開いたままだった入口に腕を組んだヴィンセントが立っていた。

美しい双眸《そうぼう》を細め、ノエルに腕を掴《つか》まれたレティーシャをじっと見ている。

「あ……ヴィンセント様……」

「まあ！　あなたが公爵様ですの！」

「いったい何ごとだ。君はいったい誰だ」

ヴィンセントは怪訝《けげん》そうにノエルを見て、それからノエルに腕を掴まれているレティーシャを見た。

「私はノエル。公爵様の本当のつがいですわ！」

「本当のつがい？　何を言っている」

完全に困惑《こんわく》した様子のヴィンセントに、ノエルは更《さら》に言い募《つの》る。

「神殿の手違いだったのです。本当は私が選ばれるはずだったのに、この女が図々《ずうずう》しくもあなたのつがいに収まったのです！　今日からは私があなたの妻となります！」

「きゃっ」

言いたいことを言い切ったノエルは、レティーシャの身体を突き飛ばすようにして、ヴィンセントの方へ走り出した。

突然解放されたせいでバランスを崩《くず》したレティーシャは、思い切り床に倒れ込んでしまう。

「お嬢様!!」

「えっ」

悲痛な声で叫んだヴィンセントが、ノエルを完全に無視してレティーシャに駆け寄ってきた。

倒れた身体《からだ》をそっと引き起こし、自分の腕の中へと抱き寄せる。

「大丈夫ですか、お嬢様」

嗅《か》ぎ慣れたヴィンセントの香りにつつまれ、緊張で強《こわ》ばっていた全身から力が抜ける。

見つめてくる瞳《ひとみ》は不安げに揺れており、何度も何度も「お嬢様」と呼ばれる。

（まるで昔に戻ったみたい）

「大丈夫よ、ヴィンセント」

抱きしめてくる腕に身体を預けたレティーシャは、つい、かつてのようにヴィンセントを呼んでしまった。

ヴィンセントの身体がわずかに震えたのが伝わってくる。

「お嬢様……」

窺《うかが》うような声音《こわね》にレティーシャは、はっと我に返る。

いくら油断していたからといって、かつてのように呼び捨てにしていいはずがない。

どっと冷や汗が滲《にじ》み、どう言い訳しようかとレティーシャが必死に頭を巡《めぐ》らせていると、耳《みみ》障《ざわ》りな声が部屋中に響いた。

「どうしてよ！　どうしてその女なのよ!!　なんで公爵様までその女を欲しがるのよ!!　私はこんなに綺麗《きれい》なのに!!」

ヴィンセントの腕に抱かれたままレティーシャが顔を向ければ、置いてけぼりにされたノエルが髪をかき乱しながら叫んでいた。せっかく整えていた美しい髪型が台無しだし、地団駄《じだんだ》を踏んでいるせいでドレスも乱れている。

まるでただの子どもだ。

「公爵様!!　そんな外れ巫子《みこ》なんかより、私の方が美しいですし、あなたを癒《い》やせます。私の方がよっぽど高潔だわ。あなたのお望みのヘーゼルの瞳だって持っているんですよ！　私を選んでください！」

「さっきからお前は何を言っている」

心底《しんそこ》呆《あき》れたようにヴィンセントがノエルを睨《にら》みつけた。

「何故《なぜ》俺がお前のようなうるさい女を選ぶ必要がある。お前の方が美しいだと？　その目、えぐりとってやろうか」

「えっ？」

とんでもなく恐ろしいことをさらりと口にしたヴィンセントに、ノエルが一瞬たじろぐ。

これ以上酷《ひど》いことを言う前に止めないとと思うのに、きつく抱きしめられていて彼の口を塞《ふさ》ぐことができない。

「お前のほうが俺を癒やせる？　馬鹿《ばか》なのか？　俺が必要としているのはお嬢様だけ。高潔？　笑わせるな。勝手に押しかけてきて雌犬《めすいぬ》のように喚《わめ》いて……醜《みにく》いのはどっちだ」

「ヴ、ヴィンセント！」

たまらず叫ぶが、ノエルはすでに真っ青だ。

神殿で大事に育てられてきた彼女には刺激が強すぎる発言だったことだろう。

「いやぁぁ!!」

髪を振り乱し、床を踏み鳴らしたノエルが血走った目をレティーシャに向ける。

「なんであんたなのよ! 愚図《ぐず》で何の役にも立たない外れ巫子《みこ》のくせに! いつものように跪《ひざまず》きなさいよ! あんたは私の言うことを聞くべきでしょう!」

「何……?」

ノエルの発言に、ヴィンセントの片眉《まゆ》が思い切り跳《は》ね上がった。

(あ、マズい)

レティーシャは本能で察知《さっち》する。

昔、使用人だった頃のヴィンセントが一度だけ本気で怒ったことがあった。

それはまだレティーシャが十歳になるかならないかの頃だ。

数名の使用人を連れ、レティーシャはお忍びで街に買い物に出かけていた。

母の誕生日に贈るものを探していたような記憶がある。

宝石店でいい品がないか探している最中、同じく宝石を探していた年嵩《としかさ》の貴族男性がレティーシャに思い切りぶつかったのだ。

小さなレティーシャは当然床に転がり、大泣きしてしまった。

貴族男性はレティーシャを一瞥《いちべつ》しただけで謝りもせずその場を離れようとした。

その時「お嬢様に謝れ」と片眉をつりあげたヴィンセントが唸《うな》るような声を上げ、貴族男性に殴りかかったのだ。

当然店内は大騒ぎ。殴られた貴族男性は泣きながらレティーシャに謝罪をしてきた。

本来なら平民が貴族を殴れば処罰は免《まぬが》れないはずなのに、おそらくレティーシャの父が金の力で解決したのであろう、ヴィンセントが罰せられることはなかった。

(あの時と同じ顔をしてる！)

つまり、ノエルに危害を加える可能性があるということだ。そんなことをすれば昔とは別の意味で騒ぎになってしまう。

それこそ責任を取れと神殿から追及されて、本当にレティーシャとつがいを入れ替えることになってしまうかもしれない。

(駄目よ。そんなこと)

咄嗟《とっさ》にそれは嫌だと思った。

「貴様、今なんと言った？　跪け？　お前か、俺のお嬢様を跪かせていたのは」

地を這《は》うような低い声に、ノエルがひっと短い悲鳴を上げて顔色を変えた。

「なるほど。そういうことか。よくわかった。そのよくまわる舌《した》から切り落としてやる」

ノエルを射殺《いころ》さんばかりに睨《にら》みつけたまま、今にも立ち上がりそうなヴィンセントの身体《からだ》にレティーシャは慌《あわ》ててしがみつく。

「ヴィンセント、腕が痛いの！　部屋に連れて行って！」

「腕ですか？　わかりました、今すぐに！」

言うが早いかヴィンセントは心配そうな表情を浮かべ、レティーシャを抱え上げた。

そしてノエルのことを完全に無視して歩き出す。

「ま、待って!!　ねぇ、なんで無視するのよぉ！」

我に返ったノエルがヴィンセントに手を伸ばし追いすがろうとするが、部屋の中に入ってきた使用人たちがそれを押しとどめた。

「ちょっ！　私は巫子《みこ》よ！　公爵様のつがいなの！　放しなさい！」

動きを封じられたノエルが叫ぶが、使用人たちはまったく動じない。

ヴィンセントは振り返ることもなく冷酷な口調で近くにいた執事《しつじ》に声をかける。

「それは神殿に送り返しておけ」

「かしこまりました」

「待ちなさいよぉ!!」

ノエルの絶叫を聞きながら、レティーシャはヴィンセントが彼女のもとに戻らないようにと願いながら必死にその身体《からだ》にしがみついたのだった。

＊＊＊

寝室の長椅子《いす》に座らされたレティーシャの腕をヴィンセントが無言のままに見つめていた。

袖《そで》がまくりあげられた右腕には、赤い爪痕《つめあと》がいくつもくっきりと残っている。

「あの女、殺しましょう」

「やめて」

あまりにも物騒《ぶっそう》な発言に、レティーシャは立場も忘れて制止の声を上げた。

傷を見つめていたヴィンセントがじろりと恨めしげな視線を向けてくる。

「どうしてですか。あの女はお嬢様の腕に傷をつけたんですよ。万死《ばんし》に値《あたい》します」

「落ち着いてヴィンセント……いえ、ヴィンセント様。公爵であるあなたが巫子《みこ》に危害を加えたら大騒動になるわ」

「…………」

なんとか冷静にさせないと、とレティーシャがいつものように話しかければ、殺気立っていたヴィンセントの空気が一気に萎《しぼ》んだのがわかった。

「私は大丈夫よ。赤くなってるけど、傷になっているものは少ないし痕《あと》も残らないと思うし」

「どうしてそう言い切れるのですか。もし傷痕が残ったらどうするのですか」

「別に傷痕くらいいいわよ」

「よくありません。お嬢様は俺の……俺のつがいなのですから、俺の許可なく傷などつけていいはずがない」

「……何それ」

無茶苦茶な理屈に思わず笑ってしまう。

ひりついていた空気は和《やわ》らいだが、ヴィンセントの表情は硬《かた》いままだ。

「本当に大丈夫よ。もう痛くもないわ」

だからお願いと声をかければ、嫌そうながらもヴィンセントは深く溜息《ためいき》をこぼした。

「いったい何があったのですか？　説明してください」

「ええ……」

レティーシャはヴィンセントが来るまでに起きた出来事を噛《か》み砕《くだ》くようにしてゆっくりと説明した。

彼の眉間《みけん》の皺《しわ》がだんだんと深くなっていくことにはあえて気がつかないふりをする。

（神殿は何を考えているの？）

人に説明したことで、ようやく冷静になってきた。

おかげで状況の異様さが余計にはっきりとわかる。

「なんですかそれは。神殿は俺を馬鹿《ばか》にしているのですか？」

「そうよねぇ……」

神殿がいくら手違いだと言ったところで、ヴィンセントはレティーシャをつがいとして認め、手続きを済ませている。

ノエルに替えろと提案してくること自体がおかしいのだ。

「それで、あなたは入れ替えを了承したのですか？　俺から逃げられると？」

低く唸《うな》るような声で問われ、レティーシャは苦笑いを浮かべる。

「断ったわ。だってそれを決めるのは私じゃなくてあなたでしょう」

そう告げた瞬間、何故《なぜ》かヴィンセントが少しだけ失望したような顔をした。

本当は解放されたがっていたのだろうかという考えが頭をもたげる。

もしそうなら、レティーシャは選択を間違えたのかもしれない。

（でもノエルは無理よね）

あの姿を見てしまったら、流石《さすが》に受け入れられないだろう。

「とにかくあの女には神殿に帰ってもらいます」

「わかったわ」

いろいろな意味でこれ以上ノエルと関《かか》わりたくない。

解放された安堵《あんど》で急に身体《からだ》が重くなってきて、レティーシャは深く息を吐き出した。

「お嬢様は少し休んでいてください」

てきぱきと腕の手当てを済ませたヴィンセントは立ち上がり、部屋を出て行こうとする。

後始末に向かうのだろう。

その背中を見つめていたレティーシャは、罪悪感で胸が潰《つぶ》れそうになった。

自分はどこまでもヴィンセントの重荷なのだ。

子どもの頃は散々虐《しいた》げ、今でもなお復讐心《ふくしゅうしん》と良心の狭間《はざま》で葛藤《かっとう》させてしまっているのに、また迷惑をかけてしまった。

「ええ……ねぇ、ヴィンセント」

「なんですかお嬢様」

「ごめんなさい」

その言葉にヴィンセントが足を止めた。

こちらを向かないままの背中に、レティーシャは更《さら》に謝罪を続ける。

「今更《いまさら》だってわかってる。こんなの自己満足でしかないのもわかってる。でも、謝らせて。あなたを苦しめて、本当にごめんなさい」

ずいぶんと身勝手な謝罪だとはわかっていたが、言わずにはいられなかった。

「お嬢、様？」

こちらを振り返ったヴィンセントが信じられないものを見るような目でレティーシャを見つめていた。

一歩、二歩とゆっくりとこちらに近づいてくる足取りはどこか頼りない。

「子どもの頃、私は何もかも未熟だったわ。本当はあなたのことが好きだったのに、いつも酷《ひど》い態度ばかりだった」

そう。幼いレティーシャは、ヴィンセントが好きだった。

周りは大人ばかりで本当は寂しかった。

だから、自分に近い年代のヴィンセントを兄のように慕っていたのだ。

我儘《わがまま》を聞いてもらえるのが嬉《うれ》しくて、ずいぶんと好き勝手をしてしまった。

それに気がついたのは神殿に入り、本当の意味での孤独を知ってからだ。

「っ、本当、ですか？　お嬢様も、俺のことを……」

「ええ。あなたのことを兄のように思っていたの」

「…………」

「もしあなたが辛《つら》いなら、私とのつがいは解消してもいいのよ。ノエルは無理だろうけど、神殿には他の巫子《みこ》だって……ひっ！」

いつの間にかヴィンセントの顔が目の前にあった。

瞳《ひとみ》をぎらぎらとさせてレティーシャを食い入るように見ている。

「兄？　兄と言いましたか？」

「えっと……そう、昔は、ね……？」

何を責められているのかまったくわからず、レティーシャはがくがくと頷《うなず》く。

「なるほど。ですが、俺はあなたを妹と思ったことは一度もありませんよ、お嬢様」

「う……わかってるわ。家族だと思ってたのは私だけだってことくらい……」

「違います。そうじゃない。俺は……くそっ……」

「んっっ！」

嚙《か》みつくように口づけられた。

一度離れたかと思ったら、唇《くちびる》の形を確かめるようにべろりと舌《した》で舐《な》めあげられる。

そして啄《ついば》むように何度も何度も口づけられ、それから再びしっとりと唇を重ねられる。

入り込んできた舌が歯列《しれつ》をなぞり、奥に逃げようとするレティーシャの舌を絡《から》め取って舐めまわす。心臓まで吸い上げられるのではないかと思うほどに深く吸い上げられ、呼吸が乱れた。

そのまま長椅子《いす》に押し倒され、首筋に嚙みつかれる。

「っ……！」

「俺にとってあなたは唯一無二《ゆいいつむに》だ。兄？　ふざけないでください。俺がどんな思いであなたを捜していたと？　ずっとあなたに会いたかったのに！　同じ気持ちだと思ったのに、あなたはどれだけ俺を振り回せば気が済むんだ！」

ぽたりと頰《ほお》に何かが落ちた。

それがヴィンセントの瞳から落ちた涙だと気がついたレティーシャは、呼吸を止めてそれに見入る。

（きれい）

涙を流すヴィンセントはとても綺麗《きれい》だった。

その美しさに思考が止まってしまう。

怒ったり謝ったりすればいいのに、見惚《みと》れてしまった。

レティーシャは手を伸ばし、涙で濡《ぬ》れたヴィンセントの頬《ほお》を指先で撫《な》でる。

「ヴィンセント……私……」

「お嬢様がどんな気持ちでいようが関係ない。お嬢様は俺の妻だ！」

まるで吐き捨てるような口調で告げたヴィンセントはレティーシャから身を離すと、足早に部屋から出て行ってしまった。

扉が閉まる音を遠くに聞きながら、レティーシャはその場から動けないでいた。

涙に驚いたせいで理解が追いつかなかったヴィンセントの言葉が、ようやく頭に入ってきたからだ。

『俺がどんな思いであなたを捜していたと？　ずっとあなたに会いたかったのに！』

それは、どう聞いても熱烈な告白だった。

口づけされた唇《くちびる》が燃えるように熱い。

（え、ええ……？）

もしかしたらもしかするのかという思いで胸がいっぱいになる。

（ヴィンセントが私を捜していたのは、復讐《ふくしゅう》のためじゃ、なかったってこと……？）

理解を超えた出来事に、レティーシャは一人長椅子《いす》で静かに悶《もだ》え続けたのだった。


寝室を出たヴィンセントは苛立《いらだ》たしげに床を踏み鳴らしながら書斎《しょさい》へと向かっていた。

言わなくてもいいことを言ってしまった後悔や、ぬか喜びさせられた失望や、もっとうまく立ち回れなかったのかという自分への怒りだとかが渦巻《うずま》いていて気持ちが波立っていた。

何かを殴りつけなければ気が済まない。そんな気持ちだった。

歩いていると執事《しつじ》が駆け寄ってきて、ヴィンセントに深く頭を下げてから報告をはじめた。

「先ほどの女性は無事に神殿へと送り届けました」

「二度とこの屋敷に立ち入らせるな」

「承知しました」

頷《うなず》いた執事はそのまま立ち去るかと思ったが、何か言いたげに目を伏せてそのまま立ち尽くしている。

「どうした？　他にも何かあるのか？」

「実は、女性に同行していた男性のことなのですか」

「男？」

そういえばレティーシャがあのうるさい巫子《みこ》だけではなく、顔見知りの司祭も来て話をしていたと言っていたのを思い出す。

神殿にいる神官や司祭は神に仕《つか》える身とはいえ、レティーシャに自分以外に親しくしていた男がいたという事実だけで腹が立ってくる。

自分の狭量《きょうりょう》さに嫌気がさしながらも、ヴィンセントは執事の言葉を待った。

「どうもどこかでお見かけしたような気がするのです」

「司祭をか？　どこでだ？」

司祭とは有能な神官から選ばれる神殿の上位存在だ。

その中でも最も有能な者が大司祭として神殿の代表に就任するらしい。

滅多《めった》に神殿の外に出ることはなく、貴族たちを手紙ひとつで動かす傲慢《ごうまん》な存在。

何故《なぜ》その司祭の顔を執事が知っていたのか。

「それがはっきりしないのです。仮面を被《かぶ》っていたこともあり、お顔ははっきりとはわかりませんでした。ですがどうにも気になって……」

「いや、いい。レティーシャに関《かか》わることならどんな些細《ささい》なことでも報告してくれ。もし何か思い出したら知らせてくれ」

「かしこまりました」

去って行く執事《しつじ》を見送り、ヴィンセントは書斎《しょさい》に入る。

仕事机に向かい椅子《いす》に身体《からだ》を投げ出すように座り、深く息を吸う。

「まさかこんな露骨《ろこつ》な手段を使ってくるとはな」

怒りでどうにかなりそうだった。

自分でも額《ひたい》に血管が浮いているのがわかる。

「神殿め……いったい何を考えている？」

ヴィンセントは机の引き出しを開けると、小さな箱を取り出した。

蓋《ふた》を開けると中には木製の小鳥が収まっていた。

「殿下」

ヴィンセントが小鳥に話しかけると、木製だった小鳥がその羽をパタパタと動かし箱の中からぴょんと出てくる。

「やあヴィンセント。無事にお嫁さんは守れたかな」

「おかげさまで」

「それは何よりだ」

小鳥は若い青年の声で軽快に喋《しゃべ》りはじめた。

その様子を見ながら、ヴィンセントは感心するように目を細めた。

（流石《さすが》は王族。この距離でここまではっきりとした伝達魔法が使えるとはな）

目の前で喋っている小鳥は、ヴィンセントの主《あるじ》であるこの国の王太子が魔法で作ったものだ。

そして喋っているのも王太子その人だった。

ヴィンセントは彼の命令でずっと神殿内部にはびこる悪《あ》しき慣例についての調査を行っていたのだった。

（はじめはなんとも面倒《めんどう》な仕事を押しつけられたものだと思っていたが、おかげでお嬢様を見つけられた）

最も悪の根がはびこっているとされる中央神殿を密《ひそ》かに調べる中で、ヴィンセントはレテイーシャを発見したのだ。

「それで？　神殿側の目的はわかったかい？」

「……連中、俺のお嬢様と神殿育ちの巫子《みこ》の入れ替えを持ちかけてきました。手違いで違う巫子を選んだということにしたかったようです」

「はは！　流石は神殿だ。高慢で身勝手な連中だよ」

かわいらしい見た目にそぐわぬ口調で小鳥は笑うと、まるで人間が考え込む時のように羽を嘴《くちばし》に当てた。

「よほど焦《あせ》っているらしい。これまでは自分たちを信じ切っている巫子を貴族にあてがっていたのに、今回はそうはいかなかった」

「お嬢様は我が家に来てから一度も神殿に連絡をとっていませんでした」

レティーシャがガーデン家に来てからの行動はずっと見張らせていたが、彼女は本当にただ穏やかに日々を過ごしていただけだ。

「そうだね。彼女がこれまでのつがいと同じなら、神殿に何もかも渡していただろうし」

「ええ。これまでの調査で神殿がそうやって私腹を肥やしてきたことは明白です」

神殿は巫子《みこ》を育成する中で彼女たちに神殿は絶対だという意識を植え付ける。

そして、つがいとなり貴族に嫁《とつ》いだあと、その家の財産を異常なまでに献金させたり、または貴族を籠絡《ろうらく》させて神殿と親交を深めたりを繰り返していた。

そうして財産と権力を増し、今では政治にまで口を出すそぶりまで見せているという。

貴族の政略結婚を防ぐはずの決まりは、神殿に力をつけさせるための悪法となってしまった。

状況を憂《うれ》えた王太子は、神殿のやり方を正すためにヴィンセントと共に、ずっと証拠を集めていたのだ。

「君のお嫁さんは流石《さすが》だね。まさか財産を寄附《きふ》するどころか、事業をはじめたんだろう?」

見つけた時点で、レティーシャは神殿に染まっていないように見えた。

おそらく俗世《ぞくせ》で育ったレティーシャを自分たちの意のままに教育するのは無理だと神殿は考えただろう。

しかし、表向きは普通でも他の巫子たちのように神殿に寄附をするのが当然だと思っている可能性もある。

潔白を証明するために、レティーシャにまとまった財産を渡したり、さまざまな贈り物をした。

彼女を試す意図が主ではあったが、純粋に会えなかったぶんの埋め合わせや、少しでもこちらに好意を持ってほしいという下心も含まれている。

神殿に寄附はしないにしろ、昔のように散財はするだろうと想定していたヴィンセントは、彼女が店をはじめたと知った時はとても驚いた。

「しかも大繁盛《はんじょう》なんだって？　商才もあるなんてすごいね」

王太子が本気で褒《ほ》めているのがわかり、ヴィンセントは鼻が高くなる。

（そうだろう。お嬢様は本当に素晴らしい人なんだ）

実際に店に行っていないレティーシャは知らないだろうが、彼女がはじめた護符《ごふ》を売る店はとても盛況で、すでに彼女に渡しておいた貯金を上回るだけの収益を上げていた。

そのうえ、仕事を神殿とは無関係の養護院に依頼して、彼らの支援にまで繋《つな》げている。

「お嬢様は神殿と無縁と見て間違いないです」

もし神殿に染まっていれば、間違ってもそんな堅実な手段は取らない。

これでレティーシャと神殿の繋がりは否定され、もし神殿が告発されても彼女は無事ということになる。

「でもよくうまくいったね。彼女以外のつがいを当てがわれる可能性は考えなかったのかい？」

小鳥は羽ばたくと、ヴィンセントの肩に飛び乗った。

「つがいの条件を神殿に提出してすぐに押しかけましたからね。他の巫子《みこ》を準備する時間などなかったのでしょう」

「なるほど。策士だねぇ」

小鳥の表情は変わらなかったが、その瞳《ひとみ》が面白《おもしろ》がるように光っているのが気に入らない。

「今になってお前の条件を歪曲《わいきょく》するという小細工までして押しかけてきたのは、レティーシャの店が繁盛《はんじょう》しているのが原因かな」

貴族がつがいの容姿に条件を出すのは珍しいことではない。

子が生まれ離縁したあと表向きの母となる女性が決まっている場合や、純粋に好みの外見だったりと理由はさまざまだ。

だから、ヴィンセントは榛色《はしばみいろ》の瞳をした巫子をつがいに指名した。

神殿に、レティーシャ以外に榛色の瞳をした巫子がいないことは確認済みだったからだ。

書類を提出する際、ヴィンセントは大事を取って「光の加減によってはヘーゼル色に見える色合い」と書き加えたのだ。

レティーシャが大好きだったという母の色を成長と共に宿している可能性を考えたからだったが、まさかそんな書き添えを拡大解釈するとは、本当に腹立たしい。

「そのようです。神殿に戻ったあとは女神官として護符《ごふ》の販売事業を行うように言われたそうですから」

「ほんとうに嫌になるくらい強欲《ごうよく》な連中だよ」

吐き捨てるような口調に、王太子が本気で神殿を嫌悪しているのがわかる。

「彼らはこれまでもそうやって巫子にまつわる利権をしゃぶり尽くしてきたんだろうね。魔力を持つ高位貴族にとって命綱《いのちづな》であるつがいを使って」

「……殿下」

「神殿は君のお嬢様の価値に気づいて、取り込もうとしている。ついでにガーデン家の財産や影響力も手に入れようと、君の出した条件を都合よく利用し、自分たちが育てた巫子を送り込んできた、ってことだね」

まとめられるとずいぶんと腹立たしい内容だ。

唾棄《だき》したくなる気持ちが痛いほどわかる。

これ以上、神殿の好きにさせるわけにはいかない。

つがい制度そのものにメスを入れる時が来たのだ。

「しかし捜していた『お嬢様』が中央神殿にいたなんてね……まさに神の思《おぼ》し召《め》しだ」

「殿下……いい加減にしてください」

「いいじゃないか。友人の幸運を純粋に喜んでいるだけだよ」

（何が友人だ。本気で面白《おもしろ》がっているくせに）

心の中で毒づきながら、ヴィンセントは肩に乗った小鳥をじっと睨《にら》みつける。

「とにかく、これで君の奥さんの潔白は証明された。あとは証拠を摑《つか》んでくれれば、こっちで対処するよ」

「お嬢様には本当に害は及ばないんでしょうね」

「もちろんだよ。むしろ、神殿のやり方を暴《あば》くきっかけをくれた功労者として、かつての身分に戻してあげてもいい」

「…………」

提案に一瞬だけ心が揺れる。

もしレティーシャが元の子爵家令嬢に戻ったら、もっと自信を持ってヴィンセントの横にいてくれるだろうか。

「お嬢様が望んだ時だけにしてください。これ以上、俺からあの方に何かを強制するのはいやなんです」

「その割にはつがいであることを盾《たて》にしてずいぶんと好き勝手やっているようだけど？」

「ぐ……」

痛いところを突かれ、ヴィンセントは短く唸《うな》る。

「まあ好きにすればいいよ。君たちはすでに正式に夫婦なんだ。誰に遠慮することなく、この先も一緒に暮らせばいいじゃないか」

それが許されればどれだけいいだろう。

だがヴィンセントはレティーシャにたくさんの隠しごとをしたままだ。

すべてを打ち明けたあとも、彼女は自分の傍《そば》にいてくれるのだろうか。

「申し訳ないけど、もう少しだけ君には働いてもらう。あとでちゃんと埋め合わせはするから協力を頼むよ」

「わかっています」

本当はまだレティーシャの傍にいたいが、すべてが終わってから話をするほうがきっといいだろう。

（あと少し、あと少しですからお嬢様）

謝らなければいけないことは山のようにある。

しかしまだ話せないことのほうが多い。

時が来たら全部説明して、気持ちを伝えようとヴィンセントは心に誓《ちか》う。

この選択を後悔する日が来るとは知らず——

五章　すれ違う気持ち

レティーシャは混乱していた。

神殿からパウロとノエルが来たその日、ヴィンセントから告白めいた言葉を吐かれたからだ。

あれはどういう意味だったのか確かめたくてしょうがないというのに、肝心《かんじん》のヴィンセントは仕事が忙しいのかここ数日は屋敷に帰ってきていない。

これまではどんなに忙しくても一度は眠りに帰ってきていたのが嘘《うそ》のようだ。

（もしかしなくても避けられてる？）

部屋の中で悶々《もんもん》と悩みながらレティーシャは頭を抱えていた。

あの日の出来事はヴィンセントにとっても不本意なものだったのかもしれない。

落ち着かない気持ちで毎日をそわそわと過ごしていたレティーシャだったが、時間が経《た》つにつれ、あれは都合のいい幻《まぼろし》だったのではと思うようになっていた。

（どうしてヴィンセントが私を好きなわけ？　あんなに虐《いじ》めていたのに）

あの頃からレティーシャを好きでいてくれたのなら、ヴィンセントの趣味を疑いたくなる。

それにヴィンセントにはミーガンという恋人がいるではないか。

レティーシャが子どもを産んだあと、彼女と一緒になるはずなのに。

（でも）

あの日に見せられた涙や、紡《つむ》がれた言葉はあまりにも真《ま》っ直《す》ぐだった。

ヴィンセントの本懐《ほんかい》が復讐《ふくしゅう》とは到底《とうてい》信じられない気がしてくる。

思い返してみれば、この屋敷に来てからヴィンセントはずっと大切にしてくれていた。

もしかしたら。

そんな気持ちで胸がいっぱいになる。

（とにかく一度帰ってきてもらうように手紙を書くべきかも……）

本人に確かめなければわからないし、何よりそろそろ会わないとヴィンセントの体調も心配だった。

最後に夜を共にしたのはもう数日前だ。

ヴィンセントの魔力量なら、そろそろ一度放出しておかなければ体調を崩《くず》す可能性がある。

「誰かいるかしら」

ベルを鳴らすとメイドがすぐに飛んできた。

「どうされましたか？」

「ヴィンセント様に手紙を書きたいの。便箋《びんせん》とペンをもらえるかしら」

「かしこまりました。便箋はすぐにお持ちします。ペンは机の引き出しにあるはずです」

「わかったわ」

部屋を出て行くメイドを見送ったレティーシャは、机の引き出しに手をかけた。

するとメイドが言っていたように一番上の広い引き出しに羽根ペンがしまわれていた。

「インクはどこかしら……」

他の引き出しを開けていってみると、小さな箱が目に入る。

インク瓶《びん》が入っているかもしれないと持ち上げたそれは、ずいぶんと軽かった。

「何かしらこれ」

おそるおそる箱を開ければ、中には小さなネックレスが収まっていた。

それを見た瞬間、レティーシャの心臓が大きく跳《は》ねる。

「これ……お母様の……」

上品な真珠《しんじゅ》飾りの付いたそれは、レティーシャの母が愛用していたものだ。

娼館《しょうかん》に売られることが決まったあの日、ヴィンセントに投げつけたものである。

「……とっくに捨てられたと思ってたのに」

とても綺麗《きれい》な状態で保管されているのがわかった。

むしろ最後に見た時よりも綺麗になっている気がする。

箱には埃《ほこり》ひとつ付いておらず、とても大切にされていたのがすぐにわかった。

「ヴィンセント……」

涙が出そうだった。

ヴィンセントはいったいどんな気持ちで、これをとっておいたのだろうか。

「あの日の言葉は本心なの？」

ずっとレティーシャを想っていてくれたのだとしたら、いったいどう答えればいいのだろうか。

この結婚は復讐《ふくしゅう》などではなかったのだろうか。

今すぐにヴィンセントに駆け寄って、事実を問いただしたくてたまらない。

「奥様、便箋《びんせん》をお持ちしました」

「ありがとう。ねぇ、手紙はどうやって届けるの？」

「手紙など小さいものだけを送れる魔道具があるのです。王城にあるヴィンセント様のもとにすぐ送れますよ」

「わかったわ」

レティーシャはメイドから便箋を受け取ると、羽根ペンを使って思いの丈《たけ》を書き連ねた。

話をしたいこと、身体《からだ》が心配なこと、そしてネックレスを保管してくれていたことへの感謝。

思い返せばヴィンセントは復讐するなどとは一言も口にしていなかった。

彼の本心が知りたい。それがわかれば、きっと何かが変わる。そんな予感がする。

手紙を書き上げたレティーシャは呼び寄せたメイドに魔道具で送ってもらおうと頼みかけた

が、ふと手を止める。

「私がその魔道具を使ってもいい？」

「構いませんよ！　こちらです」

快く了承してくれたメイドに案内され、レティーシャは魔道具の置かれている部屋へとやってきた。

そこは図書室の横にある物置のような部屋で、さまざまな道具が並んでいる。

「ここには普段使わない道具や薬などを置いているのです。これが手紙を送る魔道具です。城仕《づか》えの高官のみが使えるすごい道具なんですよ」

小さな台の上には複雑な文様《もんよう》が刻まれており、中央にはめ込まれた水晶から強い力を感じた。

「間違って他の人のところに届いたりしない？」

「大丈夫ですよ。設定された場所にしか転移しないようになっていますから。これは旦那《だんな》様の王城にある執務室と繋《つな》がっているんです」

メイドの説明をふんふんと聞きながら、レティーシャは興味深げに道具を覗《のぞ》き込んだ。

「便利な道具ね」

「はい。これとは別に、神殿に供物《くもつ》を捧《ささ》げるための同型の魔道具もあるんです。毎回神殿に行くのは大変ですから。そちらは貯蔵庫に置いてあります」

「へぇ……」

神殿への寄附《きふ》や供物《くもつ》は貴族の嗜《たしな》みなので、定期的な寄附をしてくる貴族は多かった。

そのわりに神殿に貴族が出入りしている気配がなかったのはそういうことらしい。

「それでは、水晶の上に手紙を置いてください」

言われるがままに水晶の上に手紙を載せる。

「これでいいの？」

「少しだけ魔力を流すと魔方陣が反応し、対《つい》になっている場所に転移させてくれるんです」

「なるほど……あ、でも、これって私の魔力でも大丈夫なのかしら？」

聖属性の魔力はほかの魔力に比べ少し特殊で、加護をしたり傷や病《やまい》を癒《い》やす力がある。

神殿で魔力の扱いについて学ぶ時に、普通の魔力と同じように扱うと魔道具などは誤作動を起こしやすいと聞いたことがある。

「あ、そうですね。では人を呼んで参ります。私はあまり魔力がないので」

「お願いね」

メイドが部屋を出て行くと急に静かになった。

道具がたくさん置かれている部屋というのもあるのだろうが、不思議な雰囲気《ふんいき》だ。

手持ち無沙汰《ぶさた》になったレティーシャは部屋の中をぐるりと見回す。

「これは薬品棚ね」

ガラスの戸がついた背の高い棚には神殿でもよく見かけた薬が並んでいた。

流石《さすが》は公爵家というだけあってなかなか高級な薬も揃《そろ》っている。

見たこともないような異国の言葉が書かれた瓶《びん》もあり、なかなかに興味をそそられた。

「あれ……？　これって」

レティーシャは並んだ薬品の中に見覚えのある小瓶が目に入る。

心臓が奇妙な音を立てて逆さまに脈打った気がした。

「なんで、これが」

見間違いかよく似た別物かもしれないと、ガラス戸を開けて小瓶に手を伸ばす。

しかしその予想は裏切られ、瓶の表に貼《は》られたラベルには大きく『避妊薬』という文字が書かれていた。

神殿では望まぬ妊娠を避けたい娼婦《しょうふ》や、子だくさんの家族などに配っていた品だ。

行為の前に、食べ物や飲み物に混ぜて服用するだけでいい優《すぐ》れもので、副作用もない。

だが、使われている薬剤が少し特殊なため、調合してからひと月ほどすると効果がなくなってしまう欠点があった。

ずっと前に使われたものかもしれないとレティーシャはラベルを確かめた。

「……どうして」

ラベルに書かれた日付はほんのひと月前のものだった。

つまりこの避妊薬はすでに効果を失っている。

だが中身には半分ほど使われた形跡があった。

頭をよぎったのはヴィンセントとの夜のことだ。

彼は必ず水さしを用意しており、レティーシャに手ずから水を飲ませてくれていた。

もし、あの中にこの避妊薬が混ざっていたら。

「だって、彼の目的は子どもを産ませることじゃない」

果たしてそうだろうかという疑問が頭をもたげる。

これまで散々身体《からだ》を重ね魔力を注がれているレティーシャの身体は、すっかりヴィンセントの身体に馴染《なじ》んでいる。

医者から処方されたお茶だって飲んでいるし、ミーガンが来たあとは子宝を願う護符《ごふ》をこっそりと枕の下に仕込んだのに。

「なんで」

思わずお腹《なか》に手を押しあてる。

子どもができないのは偶然だと思っていたが、冷静に考えれば不自然なことだ。

だが、ここに避妊薬があった。

それが導き出す答えはひとつしかない。

「ヴィンセントは、私に子どもを産ませる気なんてなかったんだわ」

目の奥がつんと痛んだ。

油断したら涙がこぼれそうで、きつく目を閉じる。

ヴィンセントが本気でレティーシャを憎んでいたのだとしたら、子どもを産ませたいと思うわけがなかったのだ。

『その時はつがいを解消することができます。貴族は神殿で再びつがいを得るのです。巫子《みこ》の処遇は夫であった貴族に一任されます』

以前、つがい制度の真実を告げられた時に言われた言葉が蘇《よみがえ》る。

もし、ヴィンセントの目的がそれだとしたら、納得できる。

子ができないことを理由にレティーシャを捨てるつもりだったとしたら。

(そんなわけないわ。ヴィンセントはそんなことしない)

わずかに残った希望を振り絞り自分に言い聞かせてみるが、これまでのあらゆることが頭をかけ巡《めぐ》り冷静になれない。

血の気が引き、身体がよろめく。

そのせいで手紙を載せた魔道具に手をついてしまった。

「しまっ……きゃぁっ！」

動揺していたせいで普段は制御できている魔力が勝手に流れ出す。

半分近く一気に魔力を吸い取られ、目眩《めまい》がする。

そして次の瞬間、箱の中央に嵌《は》まっている水晶がまばゆい光を放ったのだ。

「何？　えっ!?　嘘《うそ》！」

「奥様!?」

光に包まれたレティーシャの悲鳴を聞きつけた使用人たちが部屋の中に入ってくる。

助けを求めるために手を伸ばすが、その指先はむなしく空《くう》を掻《か》いた。

「っ…………………えっ？」

次の瞬間、レティーシャは見たことがない部屋の中にいた。

豪華な装飾の施《ほどこ》された壁と高級そうな絨毯《じゅうたん》、重厚な家具が絶妙な配置で並んだ上品な室内。

夢でも見ているのかと後退《あとずさ》れば、背中に何かがぶつかった。

振り返ってみれば、真後ろには大きな机があった。そしてその上にはガーデン家で見たあの魔道具と寸分違《たが》わぬものが置かれていた。

(何、ここ？　お屋敷じゃない、わよね)

流れる空気が妙に重厚だし、窓の外に見える景色はあきらかにガーデン家で見るものとは違っている。

久しぶりに魔力を使ったせいか目眩《めまい》がして頭がうまく回らない。

「…………だ」

「！」

扉の向こうで誰かの声がした。

本能的に見つかってはマズいと察知《さっち》し、隠れるところはないかと部屋の中を見回す。

部屋の隅《すみ》に置かれたクローゼットを見つけたレティーシャは、とにかく必死にその中に駆け込み戸を閉めた。

それとほぼ同時に部屋の扉が開いた音が聞こえた。

（間に合った……！）

ほんの少しの沈黙のあと、数人が室内に入ってくるのがわかる。

「それで、進捗《しんちょく》はどうだ」

「滞《とどこお》りなく進んでいます」

（ヴィンセント……！）

聞こえた声は間違いなくヴィンセントのものだった。

（じゃあここは王城ってこと？）

考えられる可能性はひとつ。あの魔道具が聖神力《せいしんりょく》によって誤作動を起こし、レティーシャごと転移させてしまったということだ。

ありえないと叫びたかったが、聖属性の魔力には未知の部分も多いため否定はできない。

（どうしようどうしよう……）

本人と話したいとは思っていたが、この状況はあまりにも急すぎる。

「本当に君は憎らしいほど有能だな」

「お褒《ほ》めにあずかり光栄です」

レティーシャがここにいるとは知らないヴィンセントと、もう一人の誰かの会話に、完全に出て行くタイミングを失ったことに気がつく。

(いったい誰と話しているのかしら)

口調からして目上の立場の相手だろう。

「それでこれからどうするんだい?」

「とにかく……までですよ。早く……しないと……」

二人は室内を歩きながら話をしているらしく、聞き取れない単語も多い。

戸に顔を近づけ耳を澄ます。

「……では……をミーガン嬢にも話を?」

ミーガンの名前にレティーシャは身体《からだ》を硬《かた》くする。

「そのつもりです。俺はもう……限界なんです」

切羽詰《せっぱつ》まった声には恋情が滲《にじ》んでいるように感じられた。

恋人であるミーガンと引き離され、ヴィンセントは苦しんでいるのだ。

「まったく。お前もよくやる。さっさと子どもを作るのかと思ったのに」

「当たり前です。何のために、薬まで用意したと? 子どもなんて作るわけないでしょう」

がんと頭を殴られた気がした。

避妊薬を見つけた時以上の衝撃で、頭の中が真っ白になる。

ここ数日悩んでいたのが馬鹿《ばか》みたいだと思った。

やはりヴィンセントはレティーシャのことを恨んでいたのだ。

子どもを産んでもらうと言いながら避妊薬を飲ませ、いずれは役立たずだと断じて捨てるつもりなのだ。

「っふ……」

涙が出そうになるが必死にこらえる。

ここで泣いてしまったら、レティーシャがいることがバレてしまう。

（どうしてこんなに苦しんだろう）

ヴィンセントに憎まれていることくらいわかっていたのに、好かれているかもなんて勘違《かんちが》いしてしまった自分が酷《ひど》く滑稽《こっけい》に思えた。

自分のしてきたことを振り返れば当たり前なのに、悲しくてしかたがない。

こんなに苦しいなら、手紙なんて書くんじゃなかったとさえ思う。

泣くのを我慢《がまん》している間に、ヴィンセントたちは部屋を出て行ったようで再び部屋に静寂が戻った。

のろのろとクローゼットから出てきたレティーシャは、目元を軽くこすると魔道具の方へと近づく。

無言のまま水晶に手をかざし魔力を流しこめば、来た時と同じように半分くらいの魔力を吸い取られる。

光に包まれる感覚に目を閉じれば、ほんの一瞬だけ身体《からだ》が浮遊感に包まれた。

「奥様！」

メイドの悲痛な声に無事に屋敷に戻れたことを確信しながら、レティーシャは床に膝《ひざ》を突く。

駆け寄ってきたメイドたちに支えられながらも、なんとか気力を絞り出し口を動かす。

「……ヴィンセントには言わないで……」

「でも」

「お願い。心配させたくないの」

最近は隠しごとばかりさせているなと申し訳なく思いながらも、レティーシャはお願いと繰り返してから意識を手放したのだった。

＊＊＊

「お嬢様が倒れただと!?」

屋敷から届いた手紙を読んだヴィンセントは思わず声を上げた。

執務室にいた文官たちがぎょっとした顔でこちらを見ていたが、取り繕《つくろ》えなかった。

（魔力の使いすぎ？　あの屋敷でお嬢様が魔力を使う必要などないはずなのに……）

聖属性の魔力は他の魔力とは性質が大きく異なることもあり、魔力を使う場面がかなり限られる。未知数のことも多く、扱いがとても難しい。

（くそ……今すぐ戻るべきか……だが……）

勢いに任せて告白まがいのことをしてしまった気まずさから自分の意志で城に滞在していたヴィンセントだが、神殿の件で大きな動きがあり、今は本当に身動きが取れない。

（殿下が大司祭を城に呼び寄せている今、俺が動くわけにはいかない）

レティーシャが神殿の暗部とは無関係だったことがわかったあと、王太子はこれまで集めた証拠を議会に提出したのだ。

議員の殆《ほとん》どは高位貴族で、つがい持ちばかり。王太子が何を憂《うれ》い何に憤《いきどお》っているかすぐに察し、これから起こそうとしている革命に同意したのだ。

（神殿はやりすぎた。多くの貴族たちがつがいの甘言《かんげん》に乗せられ財産を減らされた憤りや、過《か》干渉《かんしょう》にうんざりしていたんだ）

これ以上神殿に力を持たせないためにも、つがい制度という古くさい仕組みを変えなければならない。

議会はまず、中央神殿の大司祭を城へと召喚した。

正式な命令だったこともあり、大司祭がしぶりながらも登城したのは数日前のこと。

(ここからは持久戦だ)

王太子は大司祭に証拠を突きつけ、つがい制度の改革について交渉《こうしょう》中だ。

神殿からは毎日のように大司祭の解放要求が届いているが、すべて無視している。

とはいえあちらもただ手をこまねいているわけではない。

すでに貴族に嫁《とつ》いだつがいを利用して、貴族たちを寝返らそうとしている気配もあるし、大司祭を返さなければつがい制度の真実を信者に暴露《ばくろ》することまで匂《にお》わせてきた。

大司祭が折れるのが先か、神殿の圧力が勝つのが先かという瀬戸際。

王太子の側近《そっきん》であるヴィンセントが今、城を離れるわけにはいかない。

(お嬢様……！)

本当はすべて投げ出して駆けつけたい。

今だって耐えているのは、レティーシャとの未来のためだ。

自分勝手だとはわかっている。

神殿が巫子《みこ》から完全に手を引くまでは、レティーシャを守るためにも真実を告げるわけにはいかないし、子どもだって作るわけにもいかない。

子ができてしまえば利用されかねないし、何より巫子であった自分の母のようにレティーシャが命を落としたら、きっとヴィンセントは正気を失ってしまうだろう。

そのために避妊薬まで用意したヴィンセントを、レティーシャはきっと軽蔑《けいべつ》するだろう。

でも。

(それでも俺はあなたを手放せないんだ)

拳《こぶし》を握り締め、ヴィンセントはレティーシャの無事を祈った。

＊＊＊

目を開けて最初に飛び込んできたのは、すっかり見慣れた天蓋《てんがい》だった。

自分がまだガーデン家にいることに驚きながら、レティーシャは何度か瞬《まばた》く。

身体《からだ》が酷《ひど》く重かったが、頭はすっきりとしていた。

(魔力を使い果たしたせいね)

本来ならば手紙など小さなものを転移させる魔道具を、聖属性の魔力で誤作動させたうえ、王城と屋敷を往復したのだ。

魔力を使い果たしただけで済んだのは幸運だったのかもしれない。

(はぁ……)

全身を包む疲労感に、城で聞いた会話が悪夢ではなく現実だったことを思い知る。

そしてあの部屋で見た避妊薬のことも。

(どうしよう)

ここに来た頃のレティーシャなら、ヴィンセントの気の済むようにさせようとすべてを受け入れたかもしれない。

だが短い間とはいえ一緒に暮らし、夫婦としての時間を重ねた今は、これから起きる未来を「はいそうですか」と受け入れるだけの気力が湧《わ》きそうになかった。

ヴィンセントを優しい人だと信じていただけに、残酷すぎる復讐《ふくしゅう》計画に心が折れてしまった。

財産を与えられ、奥様と呼ばれ、贈り物をされてと大切にされてきたのも全部、最後にレティーシャを苦しめるための布石《ふせき》だったのだから。

彼が愛しているのはミーガンだけなのだろう。

(それがわかったところで、私にはどうすることもできないのよね)

レティーシャには何の選択肢《し》もない。

つがいとしてここに囚《とら》われている自分は、与えられた運命を享受《きょうじゅ》するしかない。

(……なんだか腹が立ってきた)

事実を知った時は虚《むな》しくてしかたがなかったが、冷静に考えるといささかヴィンセントのやり方は卑怯《ひきょう》な気がしてきた。

昔、散々虐《いじ》めたのは事実だし、レティーシャもそれは反省している。

だとしても、立場的にも肉体的にも格差がある仲で、つがいだからと散々抱いて、最後には捨てようなんて、あまりにも酷《ひど》い話ではないか。

（絶対黙って追い出されてなんてやらないんだから）

ふつふつと湧き上がってきた怒りが原動力になったのか、先ほどまで力の入らなかった身体《からだ》に芯《しん》が通ったような気がする。

のろのろと起き上がりサイドボードに置かれたベルを鳴らせば、使用人たちが部屋へとなだれ込んできた。

「奥様!!　目が覚めたのですね！」

「ごめんね心配かけて」

「二日も眠ってらっしゃったんですよ！」

なるほどお腹《なか》が空《す》いているはずだと妙なところで納得しながら、レティーシャは意識を失っている間に起きた騒動について教えてもらった。

あの日、レティーシャが突然消えたことに当然ながら使用人たちは大騒ぎ。

屋敷中を捜索しても姿が見えなかったことから、ようやく魔道具の暴走に巻き込まれたのではないかと気がついたという。

とにかく城にいるヴィンセントに知らせなければと再度部屋に戻ったところで、再びレテイーシャが現れたのだという。

意識を失ったレティーシャはそのまま丸二日眠りこけていた。

「旦那《だんな》様もとても心配していたんですよ」

「……知ってるの？」

言わないでと言っておいたのにと眉《まゆ》を下げれば、メイドは力なく首を横に振った。

「魔道具の暴走に巻き込まれたことは伏せております。魔力の枯渇《こかつ》と疲労で倒れたと。流石《さすが》にお伝えしないわけにはいきませんから」

「そうよね。無理を言ってごめんなさい」

彼らの主《あるじ》はヴィンセントなのだから、隠しごとができるわけがない。

一番秘密にしてほしかった魔道具の件を伏せてくれたことを感謝しなければならない。

「ヴィンセント様は？」

「旦那様は公務中のためご帰宅はいつになるかわからないそうです」

「……そう」

「その代わり、たくさんの薬を届けてくださいました。果物などもありますよ」

メイドの言葉通り、部屋の机の上には薬や果物が並べられており、それがヴィンセントの配慮なのだと感じた。

とても高価な魔力の回復を助ける薬まであって、レティーシャは呆《あき》れてしまった。

（本当にもう……）

最後には裏切るくせにと苛立《いらだ》つ気持ちと心配されるのは嬉《うれ》しい思いが胸の中でせめぎ合う。

「それと、神殿から贈り物が届いております。先日のお詫《わ》びだと」

「神殿から？」

思わず眉間《みけん》にきゅっと皺《しわ》が寄ってしまう。

パウロとノエルに煩《わずら》わされた一件はまだ記憶に新しい。

（詫びなんていいから、もう関《かか》わらないでほしいのに）

正直いらないとも思ったが、もう届いているものをいらないと言うわけにもいかないだろう。

レティーシャの戸惑《とまど》いを感じているのか、メイドが心配そうな表情を浮かべながらも差し出してきたのは、神殿で育てられている白い花が詰まった小さな籠《かご》だった。

懐《なつ》かしい香りに複雑な思いを抱きながら籠を受け取ったレティーシャは、違和感を抱く。

（これって……）

「……悪いけど、お水をもらえる？」

「もちろんです」

水を取りに出て行ったメイドたちを見送ったレティーシャは、花の詰まった籠を見つめる。

気のせいであってほしいと願いながら、籠にほんの少しだけ魔力を流しこんだ。

その瞬間、白い花びらに青い文字が浮かび上がった。

(やっぱり……なんて手間のかかることを)

これは神殿の内部に伝わる秘密の手紙をやりとりする手法だった。

白い花は聖魔力ととても相性がよい花で、魔力を流しこんだ指先で文字を書いておくと、魔力を流しこんだ時だけその文字が光って見えるのだ。

本来は神殿が襲撃されたり、何かしらの問題が起きた時に、秘密裏《り》に情報をやりとりするために編み出されたものだと聞いている。

簡単なようだが、指先に文字を書くためだけの魔力を集中させるのは、なかなかに技術がいるもので、使える者は限られていたはずだ。

それをしてまで神殿がレティーシャに何かを伝えようとしている。

嫌な予感しかしないと思いながらも、レティーシャは文字を目で追った。

『レティーシャ・シェル。ヴィンセント・ガーデンの過去を暴露《ばくろ》されたくなければ神殿に来い。パウロ』

ぞわりと肌《はだ》が粟立《あわだ》つ。

ヴィンセントの過去とは、間違いなく彼がレティーシャの使用人だったことだろう。

わざわざレティーシャの家名を書いたのがその証拠だ。

(なんで神殿が?　もしかして調べたの?)

神殿が本気になればレティーシャの過去を調べることくらい簡単だろう。

シェル家の周辺を辿《たど》れば、幼かったレティーシャがヴィンセントという使用人を従えていたことはすぐにわかるに違いない。

使用人としてのヴィンセントと公爵としてのヴィンセントが同一人物だとわかったら。

（どうしよう）

嫌な汗が滲《にじ》む。

今のヴィンセントは王太子の側近《そっきん》として活躍する立場だ。

レティーシャとの過去が表沙汰《おもてざた》になれば、政敵に悪用されかねない。

（でも、神殿に来いだなんてどうやって……？）

行けるものなら行きたいが、レティーシャはガーデン家から出ることもできないし、たとえ出られたとしても神殿に行く方法がない。

（何か方法はない？　いっそヴィンセントに相談する？）

過去を暴《あば》かれたくない彼なら、何か手段を講じられるかもしれない。

だけど。

『俺はもう……限界なんです』

苦しげな声を思い出す。

ヴィンセントはもうレティーシャに関《かか》わることさえ苦痛なのだろう。

（私が出て行けば全部丸く収まるんじゃないかしら）

どうせいつかは追い出される身だ。

ヴィンセントもレティーシャが一生神殿で飼い殺しにされると知れば、少しは気が済むかもしれない。

（問題は方法よね。お城に行ったみたいに転移魔法でも使えればいいんだけど……あ！）

レティーシャははっと顔を上げる。

メイドが、神殿に供物《くもつ》を捧《ささ》げるための同型の魔道具があると言っていたではないか。

それを使えば、神殿に一瞬で戻れるかもしれない。

善は急げとレティーシャはベッドからのろのろと起き上がると、クローゼットにしまわれている巫子《みこ》服を取り出し身にまとう。

そしてヴィンセントが届けてくれた魔力を回復させる薬をありったけ飲み干す。

おかげでまだ半分ほどしか回復していなかった魔力が、一気にみなぎってくるのがわかった。

黙って出かければまた心配されてしまうからと、以前もらった便箋《びんせん》の残りに手紙を書く。

これまでの謝罪と感謝。神殿に戻ること。もう自分のことは忘れて幸せになってほしいと願っていること。

書いているとだんだんと涙が出そうになる。

短い間ではあったが、ここで過ごした日々は幸せだったのは嘘《うそ》ではないのだから。

メイドがまだ戻ってこないことを確かめ、気配を消しながら階下へと歩いていく。

（貯蔵庫ってことは、食堂のほうよね）

食事時ではないからか、食堂やキッチンにも人気《ひとけ》はない。

貯蔵庫らしき扉を見つけ中に入れば、そこには物置部屋にあった魔道具と同じものが鎮座《ちんざ》していた。

供物を送るためのものだからか、中央に収まっている水晶は少し大きめだ。

「……よし」

うまくいくかはわからなかったが、今はこれしか方法がない。

レティーシャはそっと水晶に触れると神殿を思い浮かべながら力を流しこんだ。

魔力がごっそりと吸い取られる感覚と共に白い光に包まれる。

目を閉じれば、一瞬の浮遊感のあと、周囲の空気ががらりと変わったのがわかる。

「…………できた」

目を開ければそこは懐《なつ》かしい神殿の倉庫だった。

身体《からだ》が魔力の使い方を覚えたのか、城に転移した時ほどの疲労感はない。充分に動けそうだった。

レティーシャの目の前には、いくつもの水晶がはめ込まれた白い柱がある。よく見れば柱には魔道具に書かれていた文様《もんよう》が彫《ほ》り込まれている。

「これ、魔道具だったのね」

この柱は何度か目にしていたが、変わったデザインをしているくらいにしか思わなかった。

まさか供物《くもつ》を集めるための道具だったとは。

「とにかく行かなくちゃ」

勝手知ったる神殿の中なので、どこに行けばいいかはすぐにわかる。

フードをかぶり倉庫から出れば、あまり人気《ひとけ》はない。

(この時間はみんな祈禱《きとう》中ね。今のうちに、パウロ司祭のところに行かないと)

これがレティーシャにできるヴィンセントへの最後の餞《はなむけ》だろう。

もう二度と会えないと思うと少しだけ胸が苦しい。

それでも、これ以上彼を苦しめないためにはこれが最良の選択だと信じ、レティーシャは前に踏み出した。

私を恨んでいる元使用人に
どうやら復讐されるようです
～外れ巫子なのに公爵様のつがいに選ばれました～

六章　真実との対峙

久しぶりに足を踏み入れた神殿は以前と少しだけ空気が違っているように感じた。

(なんだか荒れてる……?)

人気《ひとけ》がないのもあるが、数日間掃除をさぼったような雰囲気《ふんいき》がある。

いろいろと気になるが構っている余裕はないので、レティーシャは早足でパウロ司祭の部屋に向かった。

神官や巫子《みこ》は夜寝るための個室以外に個人的なスペースはないが、神官から出世して司祭になると執務室を与えられる。

最も位の高い大司祭は神殿の最上階に執務室とそこに繋《つな》がった個室を持っており、その部屋に近ければ近いほど司祭としての位が高くなっていくという、かなり明確な階級分けが存在していた。

そしてパウロの部屋は、大司祭の部屋のすぐ近くだ。

(今更《いまさら》だけどパウロ司祭ってわりと謎な人よね)

レティーシャがこの神殿に来た時には、パウロはまだここにはいなかった。

別の神殿で神官をしていたパウロの才能を見込んだ大司祭によって、この神殿の司祭に取り立てられたと記憶している。

神官は巫子と同じく、聖属性の魔力を持って生まれた子でそのうちの男児が生家と縁を切り神殿に入った者たちだ。

ただ女性は体質的につがいを必要としないことが多いため、神官や司祭がつがいとなって神殿を出て行くことはとても稀《まれ》だし、巫子と違って神殿を出ることは少ない。

そのためひとつの神殿には留まらず、あちこちの神殿に異動することもあるとは聞いているが、若くして見いだされるというのはパウロ以外に話を聞いたことはなかった。

（雰囲気も貴族っぽいし、なんか胡散臭《うさんくさ》いのよね……）

下手をすれば言いくるめられて利用される予感があった。

神殿に戻ることはやぶさかではないが、ヴィンセントの過去について黙っていてもらわなければならないのだから、交渉《こうしょう》は慎重にする必要があるだろう。

結局、誰ともすれ違わないままにパウロの部屋近くまで来れた。

（うう、緊張する）

胃が締めつけられるように痛む。

部屋の前でノックをするべく腕を上げ、おそるおそる扉を叩《たた》く。

「…………」

だが返事はない。何度か叩いてみたが、何の反応もない。

「えっ、もしかしていない？」

拍子抜《ひょうしぬ》けしたせいで声が出てしまう。

（どうしよう。ここに来たら会えるとしか思っていなかった）

屋敷に戻るわけにはいかないしと戸惑《とまど》いながら扉に触れると、なんと勝手に開いてしまった。

「えっ⁉」

無人の時は施錠されているのではなかったのかと驚きながらも、レティーシャはそっと中を覗《のぞ》き込む。

室内には作り付けの本棚と大きな机があるだけで、殺風景だ。

もっと位の低い司祭の部屋を一度だけ覗いたことがあるが、もっと華美だったような記憶があるのに。

（どうしよう……）

勝手に室内に入るのは気が引けてどうしようかと迷っていると、背後から誰かの足音と話し声が聞こえてくる。

（嘘《うそ》！　誰か来た⁉）

パウロ以外の神官に見つかれば、騒ぎになってしまうかもしれない。

（もう仕方ない！）

見つかるよりはましだとレティーシャは開いた扉の隙間《すきま》から室内へと入り込む。

音を立てないように扉を閉め、足音と話し声が遠ざかるのを待つ。

（……行ったみたいね）

音が聞こえなくなったことにほっと胸を撫《な》で下ろし、レティーシャは改めて室内を見回す。

花瓶《かびん》や絵すらも飾られていない室内はどことなく寒く感じた。

視線を動かしていると、机の上にひとつだけ小さな絵が飾られていることに気がつく。

なんとなく気になり、ぐるりと回ってそれを覗き込む。

そこには一人の女性が描かれていた。

パウロと同じ髪色をした上品そうな女性。

（ご家族、かな？　似てるし。でもどこかで見たような……）

その女性の顔立ちに既視感《きしかん》を抱く。

ずっと前から知っているような、何度も目にしているような。

（どこで見たのかしら）

必死に記憶を辿《たど》りながらその絵に手を伸ばしかけた時、部屋の扉が予告なく開いた。

「……！」

「おやおや、これは驚きましたね」

「パウロ司祭……」

扉を開けたのはパウロだった。

驚いたと口にしながらも、動揺した様子は欠片《かけら》もない。

仮面の奥からこちらを見つめる瞳《ひとみ》はぞっとするほどに冷たく、身震いがした。

動けないでいるレティーシャを視線でとらえたまま室内に入ってきて、後ろ手に扉を閉めたパウロは、まるで通せんぼをするかのように扉の前に立った。

「どうやってここまで来たのですか？」

「……」

方法を話そうかと思ったが、下手に知られれば悪用されかねない気がしてレティーシャは口を噤《つぐ》む。

パウロはじっと待っていたが、レティーシャに話すつもりがないと悟ったのか、しかたがないとでも言いたげに肩をすくめた。

「まあいいでしょう。それで、ここに来たということは花を受け取ってくださったということでよいのですよね？」

「約束通り来たのだから、ヴィンセント様の過去のことは黙っていてくれるんですよね」

「もちろんです。私は、暴露《ばくろ》したりしませんよ」

「私は……って……どういうことですか」

まるで彼以外の誰かが暴露するかのような言い回しに苛立《いらだ》てば、パウロが何故《なぜ》か楽しそうに目を細めた。

「相変わらず察しがいいですね。私はあなたのそういう聡《さと》いところをとても気に入っていたんですよ」

「質問に答えてください」

パウロは返事をしないまま、一歩、二歩とレティーシャに近寄ってくる。

近づかれたぶんだけ後ろに下がるが、すぐに壁際に追い詰められてしまった。

見下ろしてくる瞳には何の感情も感じられず、その威圧《いあつ》感に身体《からだ》が震えた。

（この人、怖い）

湧《わ》き上がってくる恐怖心を押し殺しながら、レティーシャはぐっと顔を上げ、目を見開く。

するとパウロがまた楽しそうに笑った。

「本当にいい。ああ、憎らしいな。こんなことなら、もっと早く私のものにしておくべきだった」

「何を……っ！」

パウロの手がレティーシャの顎《あご》を掴《つか》む。頬《ほお》に食い込む指の強さに痛みが走るが、レティーシャはぐっと奥歯を噛《か》みしめそれに耐える。

「まさか君がヴィンセントの捜していた少女だったとはね。世間《せけん》とは狭いものだよ。本当に憎らしい。どうしていつもあの男は私の欲しいものを奪うのか」

（何なの？）

脈絡《みゃくらく》のなさ過ぎるパウロの言葉に、レティーシャは反応できないでいた。

レティーシャを見下ろすパウロの瞳《ひとみ》はぎらぎらと光っており、気味が悪い。

仮面のせいで表情は読み取れないのに、怒りに染まっているのがわかる。

逃げ出したくても背中は壁で、顔を摑《つか》まれているせいで身動きも取れない。

「そのうえ神殿のやり方にまで……もうどうにかしてアイツを苦しめないと私は収まらないんですよレティーシャ」

「きゃっ！」

パウロは思い切り腕を振り、レティーシャを床へと突き飛ばす。

「アイツの弱点はあなただ、レティーシャ。私に奪われたと知れば、きっとアイツは苦しむでしょうね」

「何を言ってるの？」

先ほどから聞いていれば、パウロの興味はレティーシャではなくヴィンセントに向いているのが嫌でもわかる。

「あなたの目的は、私を神殿に取り込むことじゃないの？」

そう聞けば、パウロは何が楽しいのか声を上げて笑った。

「ええ、ええ。確かにそれも目的のひとつです。ですが、それ以上に私はアイツを苦しめたくてたまらないんですよ」

「なんで、そんなことを」

「何故《なぜ》かって？　アイツはね、私から家族を奪った悪人だからですよ」

地を這《は》うような冷たい声音《こわね》だった。

レティーシャを睨《にら》みつける眼光は鋭く、彼の憎しみをひしひしと伝えてくる。

「私の母を……私の大切な母をアイツは泣かせたんだ」

パウロは机の上にあった絵に手を伸ばすと、きつく抱きしめてみせた。

どうやら絵に描かれていた女性は、パウロの母らしい。

（母？）

不意に頭によぎったのはガーデン家の玄関ホールに飾られていた絵だ。

（そうだわ。あの女性、その絵に描かれてた女の人よ）

幼いヴィンセントと彼の父の横に座っていた美しい女性。

あの絵は、パウロが手にしている絵の女性によく似ていた。

信じられなかったが、あるひとつの考えがレティーシャの頭に浮かぶ。

彼女を母と呼び、ヴィンセントを恨んでいる可能性のある男性をレティーシャは知っている。

「……まさか」

その言葉を待っていたかのように、パウロが口元をぐにゃりと歪《ゆが》めた。

腕に絵を抱いたまま、顔の半分につけていた仮面をゆっくりと外す。

話に聞いていた火傷《やけど》などはどこにもなく、つるりとした美しい肌《はだ》があらわになる。

切れ長の目元に、薄い唇《くちびる》という中性的な造形美。

ぞっとするほどに美しい顔がレティーシャを見つめていた。

「私の名はパーヴェル・ガーデン。ヴィンセントのせいで次期公爵の地位を奪われた、哀れな男です」


レティーシャが目を覚まし、直後に姿を消したという知らせを受けたヴィンセントは屋敷に戻っていた。

奇《く》しくもその直前、王太子がようやく大司祭を頷《うなず》かせることに成功したため、ようやく身動きが取れるようになったのだ。

屋敷に舞い戻ったヴィンセントを出迎えたのは血相《けっそう》を変えた執事《しつじ》とメイドだった。

「申し訳ありません！　私たちが目を離したばかりに」

「どうしましょう。奥様に何かあったら」

メイドなどは泣きながら狼狽《うろた》えている。

「落ち着け。お嬢様はどうしていなくなったんだ」

「目覚められてお水が欲しいとおっしゃったので、水を取りに部屋を出たんです。戻ってきたらお姿がなくて……」

慌《あわ》てて使用人全員で屋敷中を捜したが、レティーシャの姿はどこにもなかったという。

部屋に入ってみれば、本当にもぬけの殻《から》だった。

(どこにもいない)

魔力を使って屋敷の中を探ってみるが、レティーシャの気配はどこにもなかった。

嫌な予感と焦《あせ》りで、額《ひたい》に汗が滲《にじ》む。

何か手がかりはないかと部屋の中を見回していると、サイドボードに小さな花籠《はなかご》が置かれているのが目に入った。

「この花は?」

見たこともない白い花が淡く光っているように見えて、思わず手を伸ばす。

「神殿から届いた品です。先日の訪問の謝罪だと、昨日届いたんですよ」

「神殿から?」

嫌な予感がした。

花籠を持ち上げてみれば、何故《なぜ》か奇妙な魔力の流れを感じる。

(何か仕掛けがあるな? だが、俺の魔力では解読できない代物《しろもの》だ)

わずかに感じるのはレティーシャの魔力だった。

おそらくだが、聖属性の魔力でしか反応しない何かが仕込まれているのだろう。

（くそっ……まさかこんな手段を使ってくるとは）

とはいえ、こんな小さな花に込められた魔法ごときでレティーシャが姿を消すわけがない。

他に異変はないかと部屋の中を見回せば、長椅子《ながいす》に畳《たた》まれた寝間着《ねまき》があることに気がついた。

「お嬢様は着替えをしたのか？」

「えっ？　本当ですね……クローゼットを確かめてみます！」

メイドが慌ててクローゼットの中にある衣装を確かめはじめた。

すると、レティーシャがここに来る時に身につけていた巫子服《みこ》がなくなっているという。

「巫子服が？　何故……」

神殿から花が届き、レティーシャが巫子服と共に消えた。

間違いなく、神殿絡《がら》みで何かが起きている。

「ん……？」

綺麗《きれい》に畳まれた寝間着の下に何かがあるのに気がついたヴィンセントは、手を伸ばしてそれを引き出す。

それはレティーシャが書いたと思われる手紙だった。

流れるような美しい文字を目で追う。

――ヴィンセント様。今更《いまさら》かもしれませんが、過去のことを心からお詫《わ》びします。幼かったとはいえ、あなたをずっと虐《しいた》げてしまった。本当にごめんなさい。お屋敷での日々はとても楽しかったです。去るのが寂しいです。でもこれ以上ヴィンセント様に迷惑をかけたくないので私は神殿に戻ります。ミーガン様とどうかお幸せに。レティーシャ――

「何だこれは」

意味がわからなかった。レティーシャは何を言っているのか。

(神殿に戻る？　この前は断っていたのに何故《なぜ》？)

そもそもどうしてミーガンの名前が出てくるのかがわからない。

(まさかレティーシャに何かしてきたのか？　金輪際《こんりんざいかか》関わるなと通達したばかりなのに)

ミーガンは遠縁にあたる家の娘で、これまでも何度かヴィンセントとの婚姻《こんいん》を願い、社交界でもしつこくつきまとわれた。

つがい制度について何も知らないくせに、妙に知ったかぶって話しかけてくる態度に苛立《いらだ》ちながらも、どのみち何もできないだろうと放置していたのが悪かった。

どこから聞きつけたのか、ヴィンセントがつがいを得たと知って屋敷まで押しかけ、レテイーシャにあることないことを吹き込み、あまつさえ周囲にもうすぐヴィンセントと結婚すると吹聴《ふいちょう》してまわる始末。

神殿への対応が片付くまではと放置していたが、先日とうとう執務室にまで押しかけられ我《が》慢《まん》の限界を超えた。

これ以上騒ぎを起こすのならば縁を切るとミーガンの家に脅《おど》し同様の圧力をかけ、二度と関わらないと誓《ちか》わせたのはつい先日のことなのに。

違和感ばかりが膨《ふく》れ上がっていき、ヴィンセントはぐしゃりと便箋《びんせん》を握りつぶす。

「……とにかくもう一度、屋敷の周辺を捜せ。何か変わったことがあれば知らせるんだ」

部屋を出て行く使用人たちを見送り、ヴィンセントはのろのろとベッドに腰を落とす。

もしレティーシャが見つからなかったら。

また会えなくなったら。

そんな恐怖でどうにかなりそうだった。

「旦那様《だんなさま》」

頭を抱えていたヴィンセントに、執事《しつじ》が声をかけてくる。

「どうした？」

「実は、先日お話しした神殿の司祭のことなのですが……」

「司祭？　そういえば見覚えがあると言っていたな」

すっかり忘れていたが、そんなこともあったと執事《しつじ》の顔を見れば、その表情は酷《ひど》く強《こわ》ばっていた。

「思い出したのです。あの司祭の声、パーヴェル様にそっくりでした」

あまりにも意外な名前に、ヴィンセントは息を呑《の》んだ。

パーヴェル。

それは義母が産んだ、ヴィンセントの異母弟の名だ。

「どういうことだ。パーヴェルは養子に出されたと聞いている。それにアイツの属性は……神殿の司祭になるなんてありえないだろう」

「私もそう思ったのですが……今にして思えば、髪の色や雰囲気《ふんいき》などがそっくりで」

執事もまだ自分の意見を信じ切れていないようではあった。

ヴィンセントも簡単には納得できない。

だが。

(お嬢様は、司祭のことをパウロと呼んでいた。どことなく名前も似ている。もしその司祭がパーヴェルなら……)

さっと血の気が引く。

ヴィンセントを睨《にら》みつけていたパーヴェルの顔を思い出す。

その面影《おもかげ》はすでに曖昧《あいまい》だが、ヴィンセントのせいで跡継ぎの座を失ったと思い込んでいる彼は、さぞヴィンセントを恨んでいることだろう。

「中央神殿に行く。馬を用意しろ」

誰が相手だろうがレティーシャを奪わせるものかと唸《うな》りながら、ヴィンセントは部屋を出た。


「あなたが、ヴィンセント様の弟？」

「そうです。正確には異母弟ですがね」

パーヴェルと名乗った男は、苛立《いらだ》たしげに髪をかき上げる。

素顔をさらしたせいか仮面をつけている時から感じていた、冷酷そうな雰囲気が一層際立って感じられる。

貴族特有の傲慢《ごうまん》さが隠しきれていない。

「アイツから事情は聞いているでしょう？　アイツのせいで居場所を失ったかわいそうな弟と」

ヴィンセントから聞かされた彼の家庭事情を思い出す。

彼を産んだ母である巫子《みこ》が亡くなったあと、後妻として入った義母。そして異母弟。

その異母弟は遠縁に養子に出されたと聞いている。

「……似てなさすぎるわ」

「当然ですよ。私は高貴な血を引く母似ですからね」

何が楽しいのか、パーヴェルは目を三日月のように歪《ゆが》め、くっくと肩を揺らしていた。

「アイツが戻ってきたことで私の人生はどん底に落ちたんですよ」

「どん底って……」

「アイツさえ戻ってこなければガーデン公爵家の跡取りは私だったはずなんです。ああ、腹立たしい。アイツのせいで、母は心を病《や》んだ。父も私を捨てた。全部アイツのせいだ」

唸《うな》るようにぶつぶつと呟《つぶや》く姿は異様だった。

「そのうえ、格下の家に養子に出された……この私が、ですよ。本当に腹立たしい。すべてアイツのせいだ。巫子《みこ》が産んだ子だからという理由で私からすべてを奪い、まんまと王太子の側《そっ》近《きん》にまで成り上がった。なおかつ、私からあなたを奪った」

だんと音を立て床を踏み鳴らすパーヴェルの表情は笑っているのに、口調や瞳《ひとみ》はどこまでも冷たい。

傍《そば》にいてはあぶないと本能が告げていた。

じりじりと身体《からだ》を動かしその場から離れようとするが、勘《かん》づいたらしいパーヴェルはレティーシャの巫子服を踏みつけてそれを阻《はば》む。

「まだ話の途中ですよ、レティーシャ」

「っ……何故《なぜ》、あなたは神官になったの？　聖属性の魔力に目覚めたから？」

「まさか。私にそんなものはありませんよ」

「えっ……？」


驚きに目を丸くすれば、パーヴェルがくくっと肩を揺らした。

「役目のある巫子とは違い、神官の属性は大して重要でありません。ほんの少し心付《こころづ》けをするだけで聖属性など持たなくても神官になれるのです。おかしいと思いませんか？　巫子の数は少ないのに、何故神官ばかりこんなにたくさんいるのかと」

考えたこともなかった。

確かに神殿内で巫子は十数人しかいないのに、神官はその倍以上いる。

「跡を継げない次男以下の貴族であったり、私のように俗世《ぞくせ》から離れたい者たちが、属性を偽《いつわ》って神官として生きています。金さえあれば何でもできるということです。今後のためにもぜひ覚えておいてくださいね」

「……最低」

神殿の在《あ》りように昔から疑問を抱いていたが、まさかそんなことまで横行していたなんて。

神官となれば神殿の中で何不自由ない生活が送れるのは間違いない。

そして出世すれば司祭となり、いろいろな権限を持つことができる。

跡を継ぐ家のない立場から成り上がるよりはずっと楽なのかもしれないが、そんなことを許してしまえば神殿の威信《いしん》が揺らぐとは考えないのだろうか。

「そう怖い顔をしないでください。あなたのことは見込んでいたと言ったでしょう?」

「どうして私を……」

「貴族として生きた経験があるあなたは私と同じで、周りを見下していたではありませんか。何を言われても平然と流して……とても高慢で素敵《すてき》でしたよ。いつか何かをやると思っていましたが、まさか神殿を出た途端、我々に隠れてあんな商売まではじめて利益を得るなんて……その豪胆《ごうたん》さは尊敬に値《あたい》します」

(なんか勘違《かんちが》いされてる)

レティーシャは別に周囲を見下していたつもりはない。

かつての自分の行いを反省し、甘んじて受け入れていただけだ。

商売については前に神殿で実施してはどうかと提案したのに断られたから自分ではじめただけで、別に独占したかったわけではない。

やりたければ勝手にやればいいのに、実績のあるレティーシャに仕事を任せたいのが容易に想像できた。

言い返してやりたいことはたくさんあるが、まだ喋《しゃべ》り足りなそうなパーヴェルの言葉を遮《さえぎ》る気にはなれず、黙って彼を睨《にら》みつける。

「そのうえ、あなたはあの男まで手に入れた。最初はどんな手段を使ったのかと思いましたが、まさかあの男が姿を消していた間からの関係だったとはね。驚きましたよ」

　思わず息を呑《の》む。

「……どうやって私たちのことを調べたの？」

「簡単ですよ。あの男の条件は、間違いなくあなたを指名していた。つまり、目的はあなただ。あなたには貴族だった過去がある。そこに何かあると踏んで、あなたをここに連れてきた連中を捜し出したんです。なかなかに手間がかかりましたよ」

　目の付け所は的確だし、すごい執念だと感動しかけてしまう。

　レティーシャですら自分をここに売った借金取りの顔も覚えていないのに。

「礼金をはずむと言ったら快く喋ってくれましたよ。あなたの元の名前や、住んでいた場所もね。それさえわかれば簡単でした。シェル家にはヴィンセントという名前の使用人がおり、レティーシャお嬢様の忠実な下僕《げぼく》だったとね」

「………………」

　やっぱりと思いつつもレティーシャは返事をしなかった。

　何を言っても肯定することになってしまいそうな気がしたから。

「やはりあなたは素晴らしいですね。取り繕《つくろ》うことも慌《あわ》てることもない。もっと早くそういう女だとわかっていれば、あなたを籠絡《ろうらく》しておいたのに」

「……悪いけど、私、あなたは好みじゃないの」

「ははっ、私はね、自分に従わない相手をしつけるのが好きなんです。私たちは本当に相性がいいようだ」

何を言ってもパーヴェルを喜ばせるだけになりそうで気分が悪い。

「まあどんなに嫌がってもあなたはもうここからは出られませんよ？　戻ってきたのはあなた自身の選択なのですから」

「そのつもりだったけど、約束を守ってくれないなら従うつもりはないわ。ヴィンセントの過去を公表しないと誓《ちか》って。あなただけではなく、秘密を知る人すべてがよ！」

「……ほんとうに気の強い女だ」

パーヴェルの顔から笑みが消えた。

踏まれたままの巫子《みこ》服を更《さら》に靴先で踏みにじられる。

「残念だがそんな約束はできない。そろそろ社交界をかけ巡《めぐ》ってるんじゃないかな」

「何ですって……！」

「あちこちに告発文を送りつけておいた。王太子殿下の側近《そっきん》であるアイツを疎《うと》む者は多いからね。どうなるか見物だよ」

「このっ……クズ！」

「おっと！」

巫子服を強引に引いて転ばせようとするが、パーヴェルはさっと足を上げてそれを回避してしまった。

憎たらしいと思いながらも動けるようになったレティーシャは立ち上がって距離を取る。

どこまでも腐っていると思った。

家を出されたことは同情するが、まるでヴィンセントのせいで落ちぶれたかのような口調が気に食わない。

ヴィンセントは生きるために家族を捨て、レティーシャの使用人になったのだ。

何より、今の地位を手に入れたのはヴィンセントの努力の結果なのに。

「しかし本当に今日はいい日だ。大司祭様は彼らの手に落ちてしまったが、あなたが手に入った。しかもヴィンセントの弱点という利用価値まで背負って帰ってきてくれた。アイツはあなたを助けるためなら王太子殿下すら裏切るでしょう」

何を言っているのだとレティーシャは首を傾《かし》げる。

ヴィンセントがレティーシャを助けるわけがないではないか。

むしろ、パーヴェルの手に落ちたことで復讐《ふくしゅう》が叶《かな》ったと喜ぶかもしれない。

「楽しみだなぁ！　アイツが私の前に這《は》いつくばって苦しむのを見るのが!!　かつてあなたがしていたように、ヴィンセントを犬と呼んであげましょう！」

「は……？」

心から楽しげにパーヴェルが叫んだ言葉に、レティーシャは頭の中で何かがぷつんと切れた音を聞いた。

恐怖と混乱でいっぱいだった思考が、一気に冷めていくのがわかる。

ふつふつと湧《わ》き上がってくる感情が全身を駆け巡《めぐ》っていく。

「そうだ。アイツに首輪でもつけさせましょう。そして私の犬として……」

「おだまり」

自分の口から出たとは思えないような、低い声でパーヴェルの言葉を遮《さえぎ》る。

「……えっ？」

動きを止めたパーヴェルが間抜《まぬ》けな声を上げた。

そして、人形のようなぎこちない動きでレティーシャを見る。

「い、今、何か言いましたかレティーシャ」

「聞えなかったの？　おだまりと言ったの。ヴィンセントを犬にする？　冗談もいい加減にしなさいよ。このクズが！」

ずっと昔に閉じ込めたはずの我儘《わがまま》で傲慢《ごうまん》な自分が勝手に口を動かしているようだった。

心なしかパーヴェルの顔色が悪い。

頭の片隅《かたすみ》に残った理性がやめろと叫んでいるが、止まらない。

「ヴィンセントはね、私の犬よ。私が見つけた、私だけの犬なの。あんたみたいなクズが扱えるわけないでしょう！」

「なっ！」

ずんと前に進み出たレティーシャの迫力に、パーヴェルが後退《あとずさ》る。

「ヴィンセントを苦しめるですって？　許さないわ。ヴィンセントはね、私のものなの！」

「な、何を……お前、どこかおかしいんじゃないか」

「うるさい!!　おかしいのはあんたよ！　私のヴィンセントに何かしたら絶対許さないんだから！」

まるで子どもの癇癪《かんしゃく》だったが止められなかった。

ずんずんとパーヴェルに近寄り、指を突きつける。

「それに、私が弱みになるなんて思わないことね。ヴィンセントは、私のことを憎んでるんだから！」

「はっ？　お前、何を……」

パーヴェルが目を白黒させながら後退り、壁に背中をつけた。

先ほどとは立場が逆転している。

「私が欲しいならくれてやるわよ。その代わり、ヴィンセントには手を出さないと誓《ちか》いなさい。さぁ！」

「何なんだお前は……お前みたいなじゃじゃ馬に執着するなんて、アイツほんとうにどうかしているな！」

「欲しがったのはあなたも一緒でしょう！」

レティーシャの指摘《してき》にパーヴェルがかっと顔を赤くする。

両眉《まゆ》をつりあげ、怒りをあらわにする表情はどこかヴィンセントに似ている気がして、皮肉めいたものを感じる。

「ヴィンセントはね、ずっと私のために頑張ってくれたのよ。あなたみたいななんでも人のせいにしている人とは違うのよ！」

「何だと」

赤かった顔がどす黒く染まる。

「私は、幼い頃から母の願いを叶《かな》えるために必死だったんだ。公爵家の跡継ぎとなり、母や私に無関心だった父を振り向かせるために、私がどれだけ……!!」

パーヴェルの拳《こぶし》が近くにあった机を叩《たた》いた。

「お前もアイツと同じだ。いつだって私を侮辱《ぶじょく》する……後悔させてやる！」

「きゃあ！」

思い切り突き飛ばされ、レティーシャは後方によろめく。

「何するのよ」

「私に楯突《たてつ》いたのが悪いんだ」

目を血走らせたパーヴェルが、思い切り拳を振り上げた。

殴られる、そう目をきつく閉じた瞬間だった。

「お嬢様！」

「ぎゃあっ…………‼」

鈍《にぶ》い悲鳴が聞こえたと同時に、パーヴェルの身体《からだ》が斜めに傾《かし》ぎ、拳を振り上げた体勢のまま床に倒れ込んでいく。

ぐしゃりと嫌な音を立てて落ちた身体を、長い足が思い切り蹴飛《けと》ばしたのが見えた。

「お嬢様！　お嬢様ご無事ですか！」

「ヴィン、セント……？」

目の前にヴィンセントがいた。

美しい顔を泣きそうに歪《ゆが》ませ、レティーシャを見つめている。

「お怪我《けが》はありませんか？　痛むところは？　ああ、こんなに服が汚れて……」

大きな手がレティーシャの顔を撫《な》で、あちこち確かめるように触れていく。

「どうして、ここに」

「巫子《みこ》服がなかったので、ここだと思ったんです」

「そうじゃなくて。こんな神殿の奥までどうやって来たのよ」

「あなたの中にある俺の魔力の気配を追尾してきただけです」

すっかり身体に馴染《なじ》みきったヴィンセントの魔力が、ぐるりと身体を巡《めぐ》った気がした。

（これを追ってここまで？　神殿の出入り口には警備の兵士だっているのに）

許可を得ず神殿の内部に入ることなど本来は不可能だ。

いったいどうやってここまで来たのか、知りたいような知りたくないような複雑な気持ちになる。

「お嬢様……お嬢様……」

「落ち着いてヴィンセント。私は無事だから……っ！」

手を伸ばすが、先ほどパーヴェルに突き飛ばされた右肩がずきりと痛みを訴え、短い悲鳴を上げてしまう。

その瞬間、ヴィンセントの瞳《ひとみ》が鋭く光った。

「う、うう……」

背後では倒れ込んだままのパーヴェルが苦しげに呻《うめ》いている。

ヴィンセントは無言で立ち上がると、腰から剣を抜き、床に這《は》いつくばっているパーヴェルを見下ろした。

「貴様。よくも俺のお嬢様に手を上げたな」

鈍色《にびいろ》の剣先が、先ほどパーヴェルに叩《たた》かれた机を叩き切った。

木片と机の上に置かれていた書類が、無残に床に散らばる。

その切れ味のよさに呆然《ぼうぜん》とするレティーシャだったが、ヴィンセントがじりじりとパーヴェ

ルの方に近づいていることに気がつき声を上げた。

「ちょ、駄目よ！　流血は駄目だからねヴィンセント！」

別にパーヴェルに温情を示す義理はないがヴィンセントが人殺しになってしまうのは避けたいし、神聖な神殿の中で血を流せばいろいろな意味で騒ぎになることだろう。

「安心してください。血を流さずに苦しめる方法はいくらでもあります」

器用にも片手で剣をくるくると回しながら、じわじわとパーヴェルににじり寄る表情は恐ろしく、二つ名《ふたつな》である狂犬そのものだ。

このままでは大変なことになる。

レティーシャは咄嗟《とっさ》に声を張り上げた。

「いいからやめなさい!!　私の言うことが聞けないの！」

思い切り命令口調で叫べばヴィンセントがぴたりと動きを止める。

ぎぎっと音がしそうなほどぎこちなくこちらを見る表情は、叱《しか》られた犬のようだ。

「ですが……」

振り上げた拳《こぶし》もとい剣のやり場に困ったように、レティーシャとパウロを見比べている。

いける。

レティーシャはそう判断し、仁王立《におうだ》ちして腰に手を当てるともう一度声を上げた。

「おやめなさい」

その瞬間、ヴィンセントはわんと吠《ほ》えた忠犬のようにレティーシャに向き直り、背筋を伸ばしたのだった。

「はい、お嬢様」

（なんで嬉《うれ》しそうなのよ……）

その姿は、かつてレティーシャの犬だった頃のヴィンセントそのものだ。

「剣をしまいなさい」

「承知しました」

「そんなクズに構う必要はないわ。わかったわね？」

「かしこまりました」

ヴィンセントはどこか嬉しそうに口元を緩《ゆる》めて、はきはきと指示に従い動いている。

正直、困惑《こんわく》していたが、騒ぎが起きなくて済むならそれに越したことはない。

「くそっ……また、お前のせいで……」

パーヴェルは懲《こ》りていないのか、床に這《は》いつくばったままヴィンセントとレティーシャを睨《にら》みつけながら悪態《あくたい》を吐いていた。

同情はできないが、身勝手な考え方しかできない姿はなんだか哀れに見える。

そうこうしていると、武装した兵士たちが部屋になだれ込んできた。

彼らはあっという間にパーヴェルを拘束《こうそく》すると引きずるように連れて行ってしまった。

少し遅れて見覚えのある司祭や神官たちがやってきたが、彼らもまた兵士たちに取り囲まれて震えていた。

「ふう……わっ！」

助かったという安堵《あんど》で身体《からだ》の力が抜け、その場に座り込みかける。

だがそれよりも早くヴィンセントがレティーシャの身体を軽々と抱え上げた。

「無事でよかった」

まるで宝物を抱くように包み込まれ、髪に頬《ほお》ずりをされる。

その瞬間、心にあったわだかまりとか、不安とか呼ばれる、重たい感情がするりと溶けた。

内側で芽吹《めぶ》くのを恐れていた、感情が頭をもたげてしまう。

（ああ、もう）

ヴィンセントが愛《いと》しい。

不器用で真面目《まじめ》で、レティーシャのこととなると少しおかしくなるこの男に、すっかり惹《ひ》かれてしまっている。

だからこそ避妊薬を飲まされていると知った時は悲しかったし、ヴィンセントの過去があきらかになるのを回避できるなら、自分はどうなってもいいと思えた。

パーヴェルのことが許せなかったのも、ヴィンセントを犬と呼べるのは自分だけであってほしいという身勝手で幼い独占欲からだ。

復讐《ふくしゅう》されるほどに憎まれているとわかっていても、嫌いになんてなれそうにない。どんな感情であれヴィンセントに想われていることが嬉《うれ》しくてたまらない自分には、つける薬はないだろう。

「帰りましょう、お嬢様」

子どもを甘やかすような優しい声に、涙腺《るいせん》が刺激されてしまう。

「ええ」

頼もしい胸元に身体を預け、レティーシャは頷《うなず》きながら目を閉じたのだった。


次にレティーシャが目を覚ました時にはすべてが終わっていた。

神殿であれだけの騒ぎを起こしたのだから、ただでは済まないのではないかと思っていたのだが、意外なことにお咎《とが》めなしらしい。

「パーヴェルをはじめ、属性を偽《いつわ》って神官や司祭になっていた者たちはすべて国によって捕縛《ほばく》されました。彼らは神殿の権威を笠《かさ》に着て好き放題していましたからね。今後数十年は地方で強制労働をすることになるでしょう」

ベッドに横たわったままのレティーシャにそう語りかけるのは、その横に寝転んだヴィンセントだ。

お互いにゆったりとした部屋着姿で、これまでのことをぽつりぽつりと語り合う。

「まさか大司祭様まで聖属性ではなかったなんてね……」

巫子《みこ》たちに神の教えを説き、祈禱《きとう》の大切さを語っていた張本人がまさかの無属性だったとは驚いた。

「これまで神殿はつがいを使って貴族から金を巻き上げ続けていました。本来、神殿の役目はつがいという立場に囚《とら》われる巫子たちを守ることだったのに、彼らはそれを悪用した。その罪は重い」

知らなかったことだらけだとレティーシャは深い溜息《ためいき》を吐いた。

いろいろ腐っていると思ったが、そこまでだったとは。

「あなたは王太子殿下の命令で神殿を調べてたのね？」

「はい」

「そして私を偶然見つけたと」

「はい」

(なるほどね)

つがいとして屋敷に呼ばれ、やたら財産を与えられたり贈り物をされていたのはレティーシャが神殿の考えに染まっていないかを確かめるためだったのかと、ようやく理解する。

信用されていなかったという一抹《いちまつ》の寂しさと、ヴィンセントの立場ならそうするしかなかったのだろうという同情もあり、なかなかに複雑だ。

そして一番レティーシャが困っているのが、教えられたこれから起きる大きな変革だった。

「神殿の悪事はわかったけど、なんでそこからつがい制度の廃止に繋《つな》がるわけ？」

今後、つがいという制度はなくなるのだという。

正確には、神殿だけが巫子を管理し貴族と引き合わせるというこれまでの仕組みがなくなるらしい。

「つがいは魔力の多い貴族にとって命綱《いのちづな》のような存在なのは変わりありません。ですが、これまでのように神殿が巫子を掌握《しょうあく》し続ければ、これまでと何も変わらない。だからこそ、これからは聖属性を持って生まれた娘だからといって強制的に神殿に入れるのではなく、本人たちの意思を尊重することになります」

「なるほどねぇ……」

今後も神殿という場所はなくならないし、本人が望めば巫子として暮らすことはできるそうだが、そうではない道も選べるらしい。

貴族は神殿に願うだけでは巫子を得ることはできなくなり、きちんと本人に求婚し結婚するという、普通と変わらぬ手順をとることになるという。

「つまり子どもを産んだあとも、つがいはつがいのままってこと？　それってただの……」

夫婦じゃない、と言いかけてレティーシャは口を閉じる。

「今後はつがいという呼び方はなくなり、巫子《みこ》を妻に迎え夫婦として生きていくのが普通になるんです」

「なる、ほどね……」

ずいぶんと壮大な話に巻き込まれてしまったとレティーシャは目を細める。

ちらりと視線を向けた先では、ヴィンセントが何故《なぜ》か神妙な顔をしていた。

(これからどうするのかしら。結局、ミーガン様とは結婚できないっぽいし)

レティーシャとのつがいを解消して、他の巫子をこれから口説《くど》くにしてもなかなかに大変だろうと勝手に同情してしまう。

(私はどうしようかな)

散々利用されたことだし危険な目にも遭《あ》った。

パーヴェルが捕まったことで、彼がばらまいていた告発文とやらも回収されたらしい。

ヴィンセントの過去が表沙汰《おもてざた》になることは防げただろう。

もうこれで手打ちにしてくれないかなとぼんやり考えていると、俯《うつむ》いていたヴィンセントが急に顔を上げた。

「お嬢様！」

「はい！」

勢いよく呼びかけられ、反射的に返事をしていた。

相変わらず憎らしいほど美しいヴィンセントの顔が、何故か泣きそうに歪《ゆが》んでいる。

「俺が至《いた》らぬばかりに、あなたを危険にさらしてしまった。本当にすみません」

「いや、そんな……」

「もっと早くあなたに真実を告げるべきだった。そうすれば、こんな無様《ぶざま》なことにはならなかったのに。こんなつもりじゃなかった」

突然謝り倒され、レティーシャは本気で困惑《こんわく》していた。

（もしかしてもう気が済んだってこと？）

希望の光が射《さ》した気がして、レティーシャは目を輝かせる。

お互いに謝って和解できる流れなのではないか、と。

うまくいけば、つがいを解消したあとでも、少しくらいは交流できるかもしれない。

この恋心はきっと昇華《しょうか》できないだろうけれど、想うことくらいは許されるかもしれない。

そんな希望で胸がいっぱいになった。

「お嬢様。俺は、ずっとお嬢様を捜していました」

「ええ、聞いたわ」

「それはお嬢様に俺の気持ちを伝えたかったからなんです」

「うんうん」

「お嬢様、俺は……」

そこまで口にしてヴィンセントは言葉を詰まらせて視線を泳がせる。

「俺は……俺は……」

なかなか言い出せないヴィンセントに痺《しび》れをきらしたレティーシャは、しかたがないと自ら口を開いた。

「私に復讐《ふくしゅう》したかったのよね」

「…………………は？」

ヴィンセントの目が極限まで見開かれる。

「私こそごめんなさい、ヴィンセント。手紙でも謝ったけど、昔は本当に酷《ひど》いことをしたわ。許してなんて言えた義理じゃないけれど……もうこれでお互い水に流しましょう」

「待ってください」

あきらかに狼狽《うろた》えた様子のヴィンセントが思い切り眉《まゆ》を寄せる。

「復讐って何ですか。あなた、俺に復讐されるとずっと思ってたんですか」

「えっ、違うの？」

「違います！」

叫ぶヴィンセントの顔は蒼白《そうはく》だ。

「えっと……だって、あなた避妊薬を使ったでしょう？　それにミーガン様のことだって
……」

避妊薬という言葉にヴィンセントがあからさまに狼狽えた。

「どうしてそれを」

「薬棚で見つけたの。私に飲ませてたんでしょう？」

「まさか！　お嬢様に薬を盛るなんてとんでもない！　あれは俺が飲んでたんです！」

「ええっ⁉」

確かにあの避妊薬は男性が飲んでも効果があるものだ。

まさかヴィンセント本人が飲んでいたなんて想像もしなかった。

「本当はすぐにでも俺の子を孕《はら》んでほしかったのですが、いつ危険が及ぶかわからない状況で、あなたの身体《からだ》に負担をかけたくなかった……」

真剣に語る表情に嘘《うそ》は感じなかった。

「それに手紙にも書いてありましたが、何故《なぜ》ミーガンのことを気にするのですか？　まさか俺と彼女が本気で恋人同士だと？」

「違うの？」

「違います！　あれはあの女の虚言《きょげん》です！」

ミーガンが勝手に暴走していただけだと教えられ、レティーシャは唖然《あぜん》とする。

あの日、偶然聞いたのは「ミーガンの行いは我慢《がまん》ならない」という愚痴《ぐち》だったらしい。

「えっと……じゃあ、えっ？」

レティーシャが勝手に勘違《かんちが》いしていただけで、ヴィンセントは復讐《ふくしゅう》など企《くわだ》てていなかったということになる。

つまり、あの日ヴィンセントが告げた言葉は嘘《うそ》ではない。

「っ」

かぁっと顔が熱を持つ。

つまりどうやら、レティーシャとヴィンセントはいわゆる両想いということになるのではないだろうか。

ヴィンセントの顔を見ていられなくなって手で顔を隠そうとするが、それよりも先にヴィンセントが腕を摑《つか》んでそれを阻《はば》んだ。

「お嬢様」

「ひっ」

「俺はずっとあなたをお慕いしていました。あなたは俺に生きる理由をくれた。あなたに捨てられ、俺は悲しかった。どうしてあの時、俺を連れて行ってくれなかったんですか」

あの時、とはレティーシャがヴィンセントにネックレスを投げつけた時のことだろう。

「だって……だって連れて行けるわけないじゃない。私、娼館《しょうかん》に売られる予定だったのよ？　あなたにそんなところ、見せたくない、わよ」

声が勝手に震えてしまう。

昔は自覚していなかった自分の気持ちを勝手に暴露《ばくろ》されているような気分だった。

「俺は、どんなあなたでも愛せます。今も昔もこの先も、俺はずっとあなただけが好きだ」

さらりと告げられた熱烈な愛の言葉に耳まで熱くなる。

「お嬢様……いえ、レティーシャ。どうかつがいとしてではなく、俺の正式な妻になってください。そして、俺の子を産んで、俺と生きてください」

目の奥が痛くなった。

視界が潤《うる》んで、喉《のど》が詰まる。

「……あなた、趣味が悪すぎるのよ」

お世辞《せじ》にも優しい主《あるじ》とは呼べなかったレティーシャを、ずっと一途《いちず》に想ってくれていたヴィンセント。

重すぎる愛を怖いと思うのと同時に、嬉《うれ》しく思ってしまった。

つい先ほど、自覚したばかりの恋が心の中で暴《あば》れている。

「自覚はあります」

「ばか！」

摑まれていない手でぽかりと肩を叩《たた》けば、ヴィンセントが嬉しそうに微笑《ほほえ》んだ。

叱《しか》られて喜ぶなんて本当に救いようがないほどの犬だと思う。

その姿が泣きたいほどに愛《いと》しい自分も大概《たいがい》呆《あき》れた人間だ。

「お嬢様？」

「……わかったわ。あなたの妻になってあげる」

「……！　お嬢様!!」

「その呼び方はやめて!!」

「わかりました、お嬢様！」

「もう!!」

はしゃぎながら抱きついてくるヴィンセントの背中に手を回しながら、レティーシャもまた頬《ほお》をほころばせる。

そのままお互いに顔を見合わせ、どちらともなく口づける。

最初は触れあうだけだったのに、だんだんと深くなっていく口づけに吐息《といき》が乱れた。

部屋着の上からレティーシャの身体《からだ》を撫《な》でていたヴィンセントの手が、明確な意志を持ちはじめたのがわかる。

「ヴィンセント？」

少しだけ咎《とが》めるように名前を呼べば、綺麗《きれい》な眉《まゆ》がぺしゃりと下がった。

「駄目ですか」

叱《しか》られた子犬のような表情に心臓がぎゅっんと高鳴った。

卑怯《ひきょう》すぎるとすぐに白旗《しろはた》を揚げたレティーシャは、ヴィンセントの胸元に顔を埋めた。

「や、優しくして、くれるなら」

「うんと優しくします！」

よしと言われてわんと吠《ほ》える犬のような声を上げ、ヴィンセントが嬉々《きき》としてレティーシャにのしかかってくる。

嬉々とした手つきで部屋着として身につけているワンピースをくつろげていく。

鼻歌でも歌いそうなご機嫌ぶりに、何も言えなくなってしまう。

あらわになった胸元を感慨《かんがい》深げに見つめ、ヴィンセントはうっとりとした吐息をこぼした。

「ああ、お嬢様……ほんとうに綺麗です」

「あっ、も、もう……！」

大きな手が、宝物でも扱うかのようにレティーシャの胸を包む。

ざらざらとした手のひらで頂きを転がすようにこねられると、すっかり熱を覚え込まされた身体はすぐにぐずぐずになってしまう。

スカートの中に入り込んできた手が足の付け根を撫で、下着をするりと脱がせてしまった。

長い指が慣れた動きでレティーシャの内部を暴《あば》き、蕩《とろ》けさせていく。

か細い声をあげるしかできなくなってくると、ヴィンセントが汗で乱れた前髪をかき上げながらレティーシャの顔に雨のようにキスを降らした。

何度か高みに押し上げられて朦朧《もうろう》としていると、ヴィンセントに腕を引かれて身体を引き起こされる。

「お嬢様、俺に乗れますか?」

「えっ? 乗るって……きゃっ!」

ぐるりと体勢が入れ替わり、ベッドに仰向《あおむ》けになったヴィンセントをまたぐような体勢に持ち込まれてしまった。

足に力が入らないせいで、硬《かた》い足のうえにぺたんと座り込んでしまう。

「お嬢様」

ぐっとヴィンセントが腰を浮かせてレティーシャの身体《からだ》を揺り動かした。

硬く猛《たけ》って存在を訴えるものが、レティーシャの下腹部を撫《な》でているのがわかる。

「ま、まさか……や、そんなの無理、よ」

「大丈夫です。ほら、腰を浮かせて……」

腰を摑《つか》まれ軽々と持ち上げられてしまう。

しっとりと濡《ぬ》れたあわいをヴィンセントの熱がこじあけた。

「そのまま座って」

「や、やぁ……!」

抵抗する間もなく腰を押しつけられ、問答無用とばかりにヴィンセントの熱を受け入れさせられてしまう。

「んっ、ひ！」

根元まで一気に飲み込んだ衝撃で、レティーシャはあっという間に高みに押し上げられてしまった。

ずっとそこから降りてこられず、身体を震わせながら感じ入っていれば、それを見上げていたヴィンセントが嬉《うれ》しそうに目を細める。

「綺麗《きれい》ですよお嬢様」

「ば、ばか。あ、や、やぁ……！」

容赦《ようしゃ》なくずんずんと腰を使って突き上げられれば、もう何も考えられなくなる。

そのまま声が嗄《か》れるまで鳴かされ、たっぷりと魔力を注がれたレティーシャは、ほんの少しだけ自分の選択を後悔したのだった。

エピローグ

神殿の大聖堂で、レティーシャは真っ白なウエディングドレスに身を包んでいた。

（まさかまたここに来るなんて）

もう二度と足を踏み入れることなどないと思っていたこの場所で、今からレティーシャはヴィンセントとの結婚式を挙げようとしていた。

名実共にすでに正式な夫婦になった二人だが、ヴィンセントは結婚式を挙げていなかったことが不服だったらしい。

粛正《しゅくせい》され本来の仕組みを取り戻した中央神殿で結婚式を挙げたいと言い出した時は本気で困惑《こんわく》した。

もういいじゃないかと一度は断ったレティーシャだが、ヴィンセントの懇願《こんがん》には勝てなかったのだ。

（まったくもう。キャラが変わりすぎなのよ）

再会した時はレティーシャのことを憎んでいるとしか思えない態度だったくせに、今のヴィンセントは使用人だった頃と同じくらいレティーシャに従順だ。

犬と呼んでも差し支えがない勢いで、周囲を困惑させている。

（ほんとうに困った人）

壇上でレティーシャを待つヴィンセントがそわそわしているのが手に取るようにわかった。

この状況になっても、まだレティーシャが自分の妻になることを信じ切れていないらしい。

隣に並び向かい合えば、美しい顔をきゅっとしかめた。

それが照れ隠しであることを知ったのは、彼に告白されてからだ。

知らないでいたなら睨《にら》まれていると思ったままだったろう。

「お嬢様……」

感慨《かんがい》深げに呟《つぶや》かれ、レティーシャは眉《まゆ》を下げる。

「その呼び方はやめなさいって」

「ですが……お嬢様はお嬢様なので」

「もう……」

本当にしかたがない人だと思う。

だが、そんな態度さえ愛《いと》しいと思ってしまう自分も大概《たいがい》なのだろう。

白いタキシードの袖《そで》を掴《つか》んだレティーシャは、ヴィンセントの身体《からだ》を引き寄せその耳元に唇《くちびる》を寄せる。

「早く改めないと、私たちの子が困惑するわよ」

「……！」

目をまんまるにしたヴィンセントが息を呑《の》み、それから美しい瞳《ひとみ》をうるりと揺らした。

それを見ていたレティーシャも、つられて視界を潤《うる》ませる。

きっとこの先何があってもヴィンセントはレティーシャを守ってくれるに違いない。

こみ上げる愛《いと》しさを隠すように勝ち気に唇《くちびる》をつりあげてみせる。

「私を幸せにしなさいよ。絶対によ」

「もちろんです！」

わんと吠《ほ》える犬のように返事をする姿に目を細めながら、レティーシャはその胸元にもたれかかったのだった。

番外編「ヴィンセントのおねがいごと」

それはレティーシャとヴィンセントの想いが通じ合ってしばらくした日のことだ。

正式な公爵夫人になるために毎日忙しく過ごしていたレティーシャを、ヴィンセントは何かと気遣《きづか》ってくれていた。

今日も、お茶の時間に合わせて王都で大人気だというお菓子を持って帰ってきていた。

「美味《おい》しいですかお嬢様」

狂犬という二《ふた》つ名《な》はどこへやったのか、でれでれとした笑みを浮かべたヴィンセントに見守られながらお菓子を味わっていたレティーシャは不意にあることに気がついた。

(私、ヴィンセントにしてもらいすぎでは？)

このお菓子もそうだが、毎日のように贈り物をもらっているし、それ以外にもいろいろ尽くしてもらってばかりの毎日だ。

それがヴィンセントの喜びであることはなんとなく察してはいるが、こうも与えられてばかりだと少々居心地《いごこち》が悪いものがある。

「ね、ねぇヴィンセント」

「なんですかお嬢様」

声をかければすぐにこちらを向いて返事をしてくれる。

忠犬そのものの仕草《しぐさ》にきゅんとしながら、レティーシャは真面目《まじめ》な顔をつくって尋《たず》ねた。

「あなた、私にしてほしいことはない？　なんでもいいのよ」

欲しいものを買ってあげるという手も考えたが、そもそもレティーシャの財産はすべてヴィンセントから与えられているので、それで何か品物を買うのは違う気がする。

だからしてほしいこと、と尋ねたのだ。

「なんでも……」

ほんのりと頬《ほお》を染め、どこか夢を見るようにぼんやりと呟《つぶや》いたヴィンセントに、レティーシャはさっと青ざめる。

（なんでもは余計だったかもしれない）

ヴィンセントが何を望むのかはわからないが、なんでもいいと言ってしまった手前、とんでもないお願いをされても断りにくくなってしまった。

「いや、あの、その、常識的な範囲でよ。ほら、いつもこうやってお菓子や花をくれるでしょう？　だから私も少しはお返しがしたいんだけど、それでなにか、あればって……」

だんだんと言葉が尻《しり》すぼみになってしまうのは怖《お》じ気《け》づいたからだ。

ほぼ毎晩、ヴィンセントの溺《おぼ》れるような愛情を注がれている身の上であることをすっかり忘れていた自分が恨めしい。

もしそういうことをお願いされたら。

（絶対無理）

何をお願いされるかはわからないが、絶対にとんでもないことだ。

じわりと額《ひたい》に汗を浮かべながらヴィンセントの答えを待っていると、黒い瞳《ひとみ》が真《ま》っ直《す》ぐにレティーシャに向いた。

「お嬢様」

「は、はい」

「こんなことをお願いするのは、恥ずかしいのですが……」

そう前置きしてヴィンセントが口にしたお願いに、レティーシャは憐《あわ》れっぽい悲鳴を上げたのだった。


お茶のおかわりを運んできたメイドは、真っ赤な顔をしてヴィンセントの膝《ひざ》の上に座ってお菓子を食べているレティーシャの姿を目撃し、さっと目をそらした。

「これはこれで素晴しいですが、昔のように俺を椅子《いす》にしてほしいのですが」

「お願いだからこれで許して」

優秀なメイドは、仲睦《なかむつ》まじい夫婦の会話を聞かぬ振りをしながら新しい紅茶を机に置くと、入ってきたときと同じように静かに退出したのだった。

私を恨んでいる元使用人にどうやら復讐されるようです

~外れ巫子なのに公爵様のつがいに選ばれました~

あとがき

こんにちは。マチバリと申します。

この度は「私を恨んでいる元使用人にどうやら復讐《ふくしゅう》されるようです」をお手にとっていただきありがとうございます。

ガガガブックスf様では初めての書籍になります。どうぞよろしくお願いします。

私はヒーローがヒロインに並々ならぬ執着心を抱いているお話が大好物です。そしてヒーローにはとにかく不幸でいてほしい。不幸なヒーローにとって、たった唯一《ゆいいつ》の光がヒロイン。そんなお話がとにかく好きです。ヒロインは無自覚にそんなヒーローを救ってしまって執着されてほしい！　と常に自分の願望丸出しでお話を書いております。

今回は過去の自分を悔いている元お嬢様と、そんなお嬢様に虐《しいた》げられていた元使用人がひょんなことからつがいとなったラブコメになります。ヴィンセントの言動を誤解しまくるレティーシャと色々な事情から大好きなお嬢様に素直になれないヴィンセントとのやりとりは書いていてとっても楽しかったです。皆さまも楽しんでいただけましたでしょうか？

今回、素敵《すてき》なイラストを描いてくださったのはイトコ先生です。ヴィンセントがあまりにも最高でした。様子のおかしいイケメンからしか摂取できない栄養がある！　本当にありがとうございます。表紙の素晴らしさもなんですが、挿絵がね、もうね。豪華。私が一番大喜びしました。

こちらコミカライズも現在準備中ですので、そちらも是非楽しみにしていただければ嬉《うれ》しいです！

本作を出すにあたり関《かか》わってくださった皆さま、本当にありがとうございます。またいつかどこかで出会えますように。

GAGAGA

ガガガブックスf

私を恨んでいる元使用人にどうやら復讐されるようです
～外れ巫子なのに公爵様のつがいに選ばれました～

マチバリ

発行　2025年4月23日　初版第1刷発行

発行人　鳥光 裕

編集人　星野博規

編集　渡部 純

発行所　株式会社小学館
〒101-8001 東京都千代田区一ツ橋2-3-1
［編集］03-3230-9343 ［販売］03-5281-3556

カバー印刷　株式会社美松堂

印刷　TOPPANクロレ株式会社

製本　株式会社若林製本工場

Printed in Japan ISBN978-4-09-461183-0

第20回小学館ライトノベル大賞
応募要項!!!!!!!!!!!!!!!!!!!!!!!!!!

ゲスト審査員は裕夢先生!!!!!!!!!!!!!!!

大賞：200万円＆デビュー確約

ガガガ賞：100万円＆デビュー確約

優秀賞：50万円＆デビュー確約

審査員特別賞：50万円＆デビュー確約

第一次審査通過者全員に、評価シート＆寸評をお送りします

内容 ビジュアルが付くことを意識した、エンターテインメント小説であること。ファンタジー、ミステリー、恋愛、ＳＦなどジャンルは不問。商業的に未発表作品であること。
（同人誌や営利目的でない個人のWEB上での作品掲載は可。その場合は同人誌名またはサイト名を明記のこと）

選考 ガガガ文庫編集部＋ゲスト審査員裕夢

資格 プロ・アマ・年齢不問

原稿枚数 ワープロ原稿の規定書式【１枚に42字×３４行、縦書き】で、７０～１５０枚。

締め切り 2025年９月末日 ※日付変更までにアップロード完了。

発表 2026年３月刊『ガ報』、及びガガガ文庫公式WEBサイト GAGAGA WIREにて

応募方法 ガガガ文庫公式WEBサイト GAGAGA WIREの小学館ライトノベル大賞ページから専用の作品投稿フォームにアクセス、必要情報を入力の上、ご応募ください。

※データ形式は、テキスト（txt）、ワード（doc、docx）のみとなります。
※同一回の応募において、改稿版を含め同じ作品は一度しか投稿できません。よく推敲の上、アップロードください。
※締切り直前はサーバーが混み合う可能性があります。余裕をもった投稿をお願いします。

注意 ○応募作品は返却致しません。○選考に関するお問い合わせには応じられません。○二重投稿作品はいっさい受け付けません。○受賞作品の出版権及び映像化、コミック化、ゲーム化などの二次使用権はすべて小学館に帰属します。別途、規定の印税をお支払いいたします。○応募された方の個人情報は、本大賞以外の目的に利用することはありません。